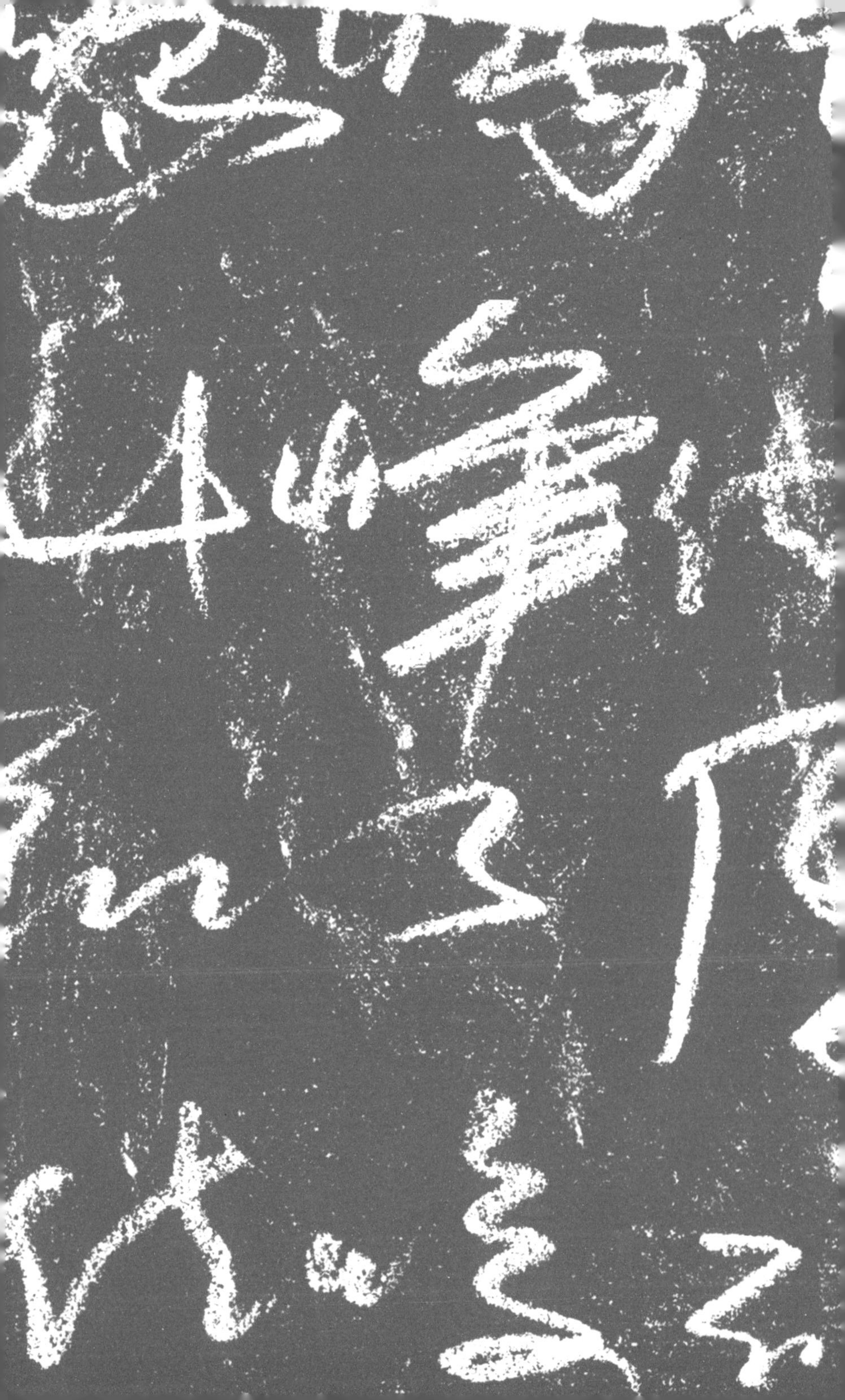

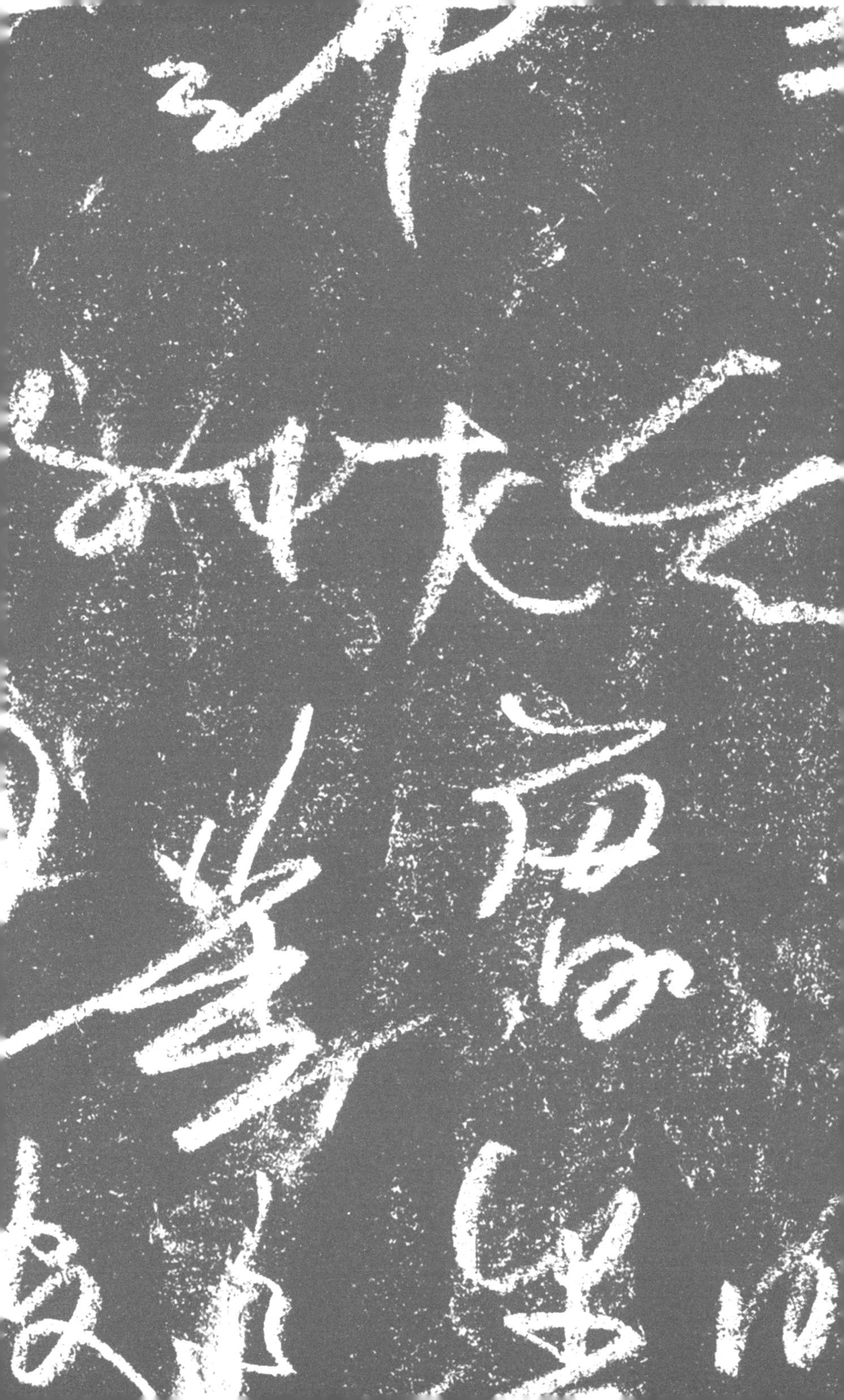

诗镜

SHI JING

哑石 编

诗镌（2017卷）

序

因缘际会，新诗诞生百年之际，丛书“诗镌”出版。该丛书2017卷含《诗镜》《诗蜀志》《句法》三本。

百年新诗话语实践，伴随着社会文化风云嬗变，深度牵连于这片土地的希望、跌宕与挫折，一代代诗人艰苦卓绝的努力，顽强地为现代汉语诗性内核的生成和拓展输送着精血。也许，在一定程度上，我们仍处于一百多年前新诗不得不出发的“开端”之中。当下汉语处境，其微妙性和复杂度，包括某种新颖的急迫感，并非哪种现成理论能够全面有效地廓清。另一方面，百年新诗，尤其是前三十年后四十年，已经毫无疑问为我们贡献出了星群般杰出、耀眼的范例，譬如现代性言说主体的探索与技艺、历史想象力和感受力的独特个人方案……置身于如此展开的语言星河，作为写作者，我们真的能感受到现代汉语如麦穗一般籽粒渐渐饱满起来的尊严，并有望随着写作的一步步积累，时不时去触摸、刺探一下其涌动中暗布的悬崖与陷阱。

我相信，新诗的所谓本质，不是先验地被某种优势理论所规划，而是在一代代诗人手中生成并逐渐开阔；那些优秀诗人的嗓音，正是在与时间的对话与博弈中，镌刻出了新诗那“纯洁一个种族的语言”的伦理及美学面目。当下全球语境的资本逻辑和信息、基因技术爆炸，挟裹着地方性文化深刻的撕裂，不仅考验着现实荣枯中个体的人性，也具在地考验着汉语新诗触须的灵敏性，以及自我塑形的心智。也许，这种考验，将长期存在，它需要我们这些从业者，放下个我成见，更谦卑地锤炼语言内部强韧的有效技艺，繁灿不必自谓开新，逞灵亦需界限自警，捭阖沉着，以对称于精神生活的真实处境。

是的，在对当代杰作的观摩中，除了学习所有写作必然要求的诚恳、自省，我们还能明显感受到“冒犯”作为当代新诗的内在属性。冒犯自我，冒犯让诗中仍有大量“鬼魂”存在的某种暴力的幽暗。这种冒犯，钟情于文明，有幸得到精神和技艺的双重淬炼，让汉语呈现出清溪涌流中星光的龙吟。

创造性的诗歌写作，内蕴着一种深刻因而不会被轻易捕获的自由。是的，作为语言世界的公民，我们仍然在路上。

哑石 2017年6月

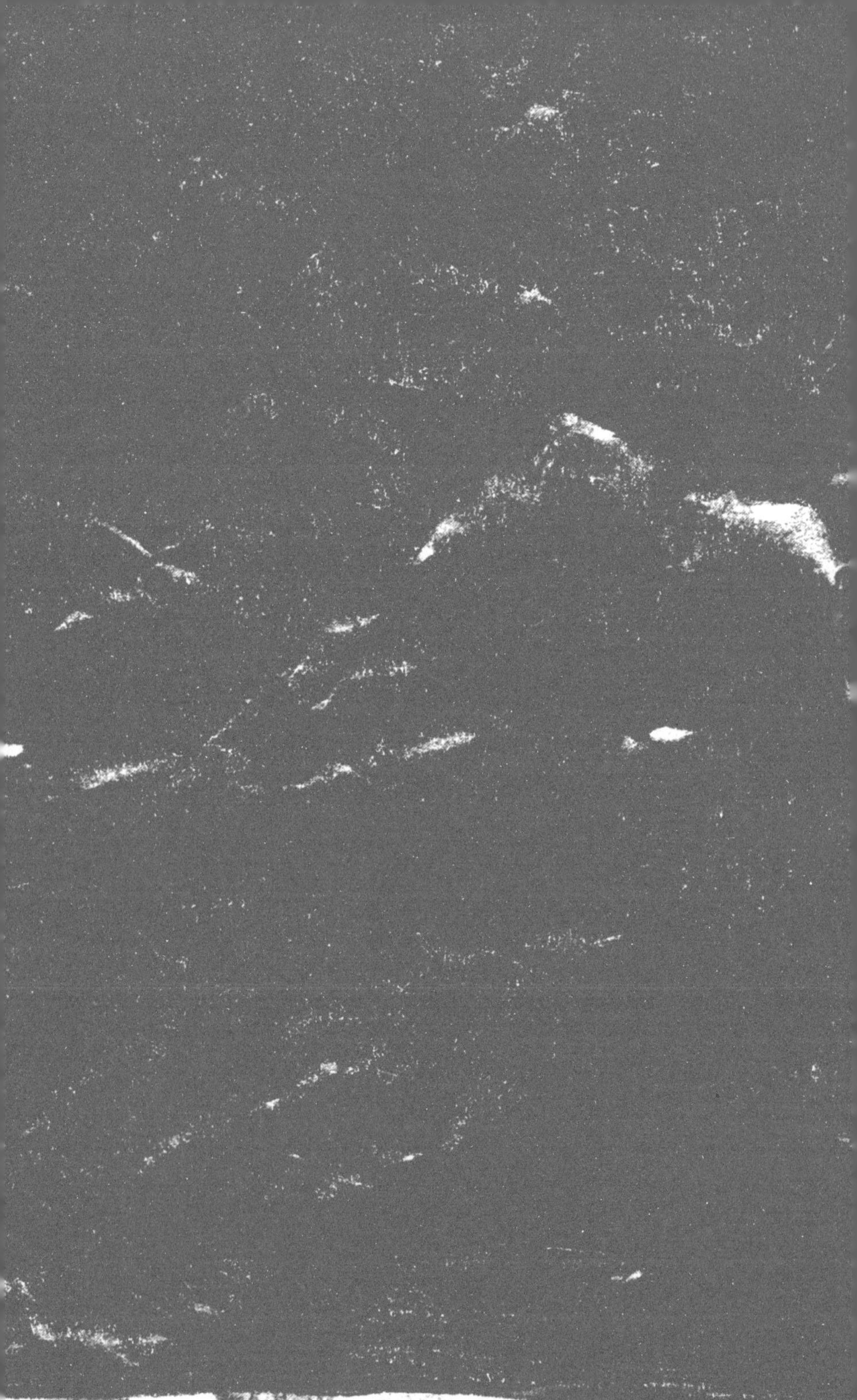

目录

SEN ZI
森　子

HUANG CANRAN
黄灿然

LIANG XIAOMING
梁晓明

YANG XIAOBIN

杨小滨

CAO SHU

草　树

YE HUI
叶　辉

LIU LIGAN
刘立杆

SANG KE
桑　克

SHI MAOSHENG
施茂盛

A XIANG
阿　翔

SUN LEI
孙　磊

YANG MUZI
杨沐子

YU YANG
余 旸

DU LVLV

杜绿绿

LIU NANSHAN

刘南山

YE DAN

叶　丹

WU YAN

吴　盐

TIAN HE

甜　河

001

SEN ZI

森子，

一九六二年生于哈尔滨呼兰区，

现居河南省平顶山市。

林子

过明山寺，走搬走岭

刚落下的雨点打湿了明山寺[1]
两男孩和一个小姑娘在翻看手机
刘秀的鼾声依然沉重，金山环还未泡在水里
东汉的根基悄然发芽，就像王朝右腿边的荠菜花
你为什么留意这些，还是没啥可留情的？

冰冷的雨水抄写着光线，也抄写过红薯秧
无情还是应有的内容
劈头，打脸，我们承受着我们的脾气
既然雨不大，那么伞也不可能打开我们
下车，上车，好的车门也像制度最好不要锁死
你不能因为自身安全而拒绝空气的访问

经受雨水的多次训练，它也感到这样的行为很无趣
未经审查的雪花便扑面飞临
每朵雪花都是精心之作，也是一枚枚普通的螺丝钉
在我们离开的肌肤上，柿子树和泡桐树上
也在铁丝网禁止入内的坡地

每一条路都是哭的方向
每一条路也都是止哭的方向
这时的太阳就是个内制的发动机在车头颤抖
“我看见发光的小路蜿蜒入水库。”
“从山道上下来一位反抗的男爵，是刘累吗？”

---

1. 明山寺，始建于汉明帝永平年间，是刘秀临终时为还前愿，诏告太子刘庄兴建的皇家寺院，坐落在河南省鲁山县明山村境内，南邻昭平湖，东邻刘氏始祖刘累公墓祠。

不知名小水库中的杨树

他们不知道为什么就站到了水里
他们不知道涉世不深的代价
不同于酒后找司机来开车
他们不知道其他人为什么没站入水中
也许那些人出身好，显贵，一直就生活在高处
他们的母亲也都是母亲，不该有区别
他们一样都是光屁股长大的
那些人学到的知识并不比他们更多
甚至还少，少了什么，温顺、服从的气质
他们不知道为什么站在水中就像桅杆了
问题是他们像了桅杆的危险
而不能航行的危险还都在预算外
他们从未升起过什么旗帜，
只是臣服于这种不能播种的窘境
他们不知道其他人怎么看他们
跟他们看别人有何不同？
他们的心归于火也行于水，对他们来说
大洪水的记忆早都遗忘在山丘之上
他们不知道为什么信仰放了鸽子就不再回头
笼统地活着，活下去
活在水的困局中还高喊口渴
甚至，他们没有资格做沉船木
虽然鲫鱼会撕咬他们的皮毛
爱的表示亦如此
他们不能拔出深陷的泥浆提炼防晒霜

并用淤泥堆砌一座小岛给鹭鸟和鹧鸪
他们为什么口渴？因为他们不知道
嘴巴是谁的，到底归哪口井所有
语言是哪家的动物园里的狗
带栅栏和铁链子了吗？
他们不十分清楚，但多少知道点
任何时候都是最后时刻
飞蛾扑火前，有人在挖耳洞，
那是因为里面有蚯蚓做向导。他们不知道
为什么站在水里，水就把他们视为眼中钉肉中刺
他们在旁观者眼里从未如此壮丽
他们站在水中依旧感觉他们不会被淹死
而是被内心的激情烧焦
这有点像伽利略，离水星还隔着一个西红柿
不知道濒死的滋味
也不会知晓获救是什么样的感觉
你不比他们知道的更多
你眼中的洪水是一辆爆了胎的汽车还在飞奔……

苍鹭的错觉

等待，一队鱼的专列冲出水塘
一次制动阀排气，万花筒里掉出一个卫兵
惊呼，喇叭的口型
偶像所有的鳞片都不及铁犁下的波浪

母猪岭下，花生铁了心要嫁人，黄牛拉不住
掉头便是相送
柿子树转动树上的孩子
大人们在向阳坡地挖树坑
一捆梨树秧按燃烧的面积放大缩小
两年后的白花照见穿衣镜，三年后的果核有了外省

杨树依然在乡中教书
苍鹭扎根的倒影也是灶台上的景象
忙碌，比喜鹊的儿子还快，至于那卫兵
守护和拥戴者的职能
重新分配给返乡者、疾病和红皮花生。

端午节，与泥河，黄斌兄佚荆州

错过约等于失去
我们高速地失去
一个地址变出一只小龙虾
你刚在潜江吃过它
现在它的须从你口中伸出来
虾钳握着你的手
附体——如关羽
一只鸟飞到了江汉平原尽头

失去约等于得到不想得到的东西
大意也是诗人意气
相信朋友，不是说朋友不会出错
而是错误深爱着我们
还有各种理由拍手
我们推开波涛看见小龙虾坐在船上
背后竖着关羽的偃月刀

切下一段迷途包好
就像端午节的粽子
一天后，你将在护城河边遇到屈原
我们的第一位诗人朋友
要相信朋友，楚王就没做到
楚王也不把屈原当朋友[1]
屈原在关羽前就失去了荆州
而我们的失去约等于关羽读《楚辞》
吕蒙不知道。

1. 朋友之引申， 孟子曾说“君之视臣如手足，则臣视君如腹心；君之视臣如犬马，则臣视君如国人；君之视臣如土芥，则臣视君如寇仇”。

在岑河镇偶遇边塞诗人岑参

——兼致荆州的诗人朋友

轮台[1]很远，万余里
诗很近，就在原地打转
也可以这样说，轮台不远
只要你不是跑步去的
诗虽近，托关系也不见得入门

飞走的砂石见识过心碎
腰斩的白草低吟过胡歌
舞北旋[2]的美人如今难见到了
但莲花裙还见得着
颍阳的落日，我先为你保管

既然很少写信，那就别盼着家书
三十无富贵，就一辈子守着笔砚和老婆
儒生的话谁信啊
不如抱着石头过日子
踏雪，也梦见过热海翻腾，火山喷射

送酒的人还未到，就不要上树爬高
人生的战场很多，但菊花还是闲时开得好
菊花开得没脾气，睡莲也没有真的睡着
在秋收农场，我看见你留下的一页账单[3]
你亏欠过什么，只有天知道。

1. 轮台，唐代庭州有轮台县（不同于汉轮台）治所在今新疆米泉县境。岑参诗中经常与北庭同用。
2. 北旋，舞名。与胡旋舞相类。大约此舞多旋转动作，又出自“北同城”，故名“北旋”。
3. 账单，考古工作者在哈拉和卓古墓群（位于新疆吐鲁番市以东42公里处）506号墓穴中，意外地发现了盛唐时期著名诗人岑参留下的一纸账单。

再力花

——荆州屈原像前

1

勉力来自于岑参，多加些餐饭
屈原早就咽不下
我们还在吃，哪怕饭已变馊
在两块砖头之间
优秀的人拥挤而过，仅剩下鱼骨

苍鹭低飞的下午
再力花望了一眼屈原
这个瘦弱、高耸的老头
既不是惠特曼，也不是帕斯
也许是太阳里的采石者和大洋深处的发报员

再力花，踮起你的脚尖，听好了
不管你来自美国南部还是墨西哥
屈原的水性都是最好的，而不会游泳的雪莱
喜欢和拜伦在日内瓦湖上泛舟
即使不慎落水
也拒绝任何救助

同为耐高温的种类
沉船前，屈原自投江底
而雪莱溺毙时据说挂着满帆
我们的帆从未张满过，甚至到处是窟窿
不是为了方便抛扔内心的杂物
而是我们在网上订购的诗集还没有找到快递员。

1. 再力花，原产于美国南部和墨西哥的热带地区，是一种优秀的温室花卉，花柄可高达两米以上。

一个内陆人在文昌看海

不跟你比大小，猜谜语，划拳
七岁时，我开过拖拉机
在柴油筒上昏厥。白云看我快不行了
我又爬起来，不告诉任何人

不跟你比隐私，礁石发送的密码
我也编过暗号，可总是找不到接头的人
我放养过的白鹅——绿眼睛
在天上看着我

也不跟你比排场，谁的拳头大
我兜里只有五分钱
还是用牙膏皮换的，买了两粒糖豆
从小镇拐弯抹角地回家

高潮或新花样，更不能跟你比
膨化的珊瑚，贝壳玩具，乌贼伙伴……
我连气球都没碰过
偶尔吹柳笛，在马背上放一只蜗牛

我只想跟你说，鲨鱼们都上岸了
鱼和虾蟹都挂在树上
而我在树上摘过樱桃，游行的红卫兵
从弟弟身边经过
我记得被打倒的人比我摘下的樱桃还多

也不跟你比谁更不平静，几起几落
像个能上能下的好干部
不跟你比，说好了，就不跟你比
我只想掀开你蓝色的床罩
看你掉下了几根白发。

洛峪群崖庄组[1]

大海形成于它所发过的脾气
决不输给无意识
法镭[2]说，把大海的大字去掉，伪浪漫
——可不大又该怎么办？
我们太小的事实已经证明不值得星星谈论
但我们以为星星一直在私下议论着
我们和时间的长短

现在，我站在八亿年前海滨的沉积物旁
层叠、断裂的碎片仍然在相互挤兑
微古植物轻声的低语
不需要听见
不需要听见

也许有一天，海水将涌出地球
宇宙的眼睛夺眶而出的也许不是人的泪水
这有什么关系
这没有任何关系
但你得服气，没关系才是最大的群际关系
海洋缔造了人类冒进的意识
在我们日渐老化的膝盖上加盖了一条“减速行驶”。

---

1. 洛峪群崔庄组，位于河南尧山国家地质公园内。崔庄组地层形成于新元古代青白口纪（距今10—8亿年），主要由紫红、灰绿、灰黑等色页岩、海绿砾岩、含铁石英砂岩、钙质砂岩、碳质砂岩构成，底部有不稳定的赤铁矿层，含古植物化石，属于滨海（海滩）一线海环境沉积。
2. 法镭：指诗人杨小滨。

黑天鹅

又白过一天
偶然不可避免
她发出呼噜声，只有苇丛听到那种割肉的真切
木桥上，新漆的桐油未干，刷子看不清
木纹里有几只沉船

白天，不许造次的白天
没有你想说出的那句狠话
咒语周转不灵
进进出出的都是人——在垂钓人

白天，自恋狂的白天
永不换岗
也永不下班
不朽的锤子离午夜的杏仁有八丈远

白天，白天，一个接一个
你有些受不了
要发疯，大哭、大笑和大骂
她却很乐观

白天，白天，白天
这耀眼的光斑吸收不能坚守的据点
搬运一个瞎子和他眼睛里的地洞
在蠡湖[1]中放一块焦糖
在“我的天啊！”西施永远也不会掉下来，请你放心之前。

1. 蠡湖，又名五里湖，是太湖伸入无锡的内湖。相传2500多年前，越国大夫范蠡协助越王勾践战胜吴国后，功成身退，偕西施隐于蠡湖。

山鹰之歌

麦田和山丘发出双倍的邀请
没人要的自由追逐冷风
你捡起一片枯叶
如同端详一张没有洗过的脸
天空也不干净
天空为什么要干净?
有洁癖，病得不轻

羽毛比肉体鲜亮
可我们还是沉湎于肉欲
精神就像在麦田巨大的台球桌上
对于你自己，最好是裸飞
可谁在乎你穿着衣裳

鲁迅不在乎
庄周的衣带还是要宽的
平衡那些不可平衡之物
你已经取得了麦地的平衡
或者说麦地获取了你当下的知觉

翻转麦地的桌布，你看到
一些洞，不相连的洞
一些国家和孔子留下的车辙
你把它们串联起来
这么冷的天应该吃一串冰糖葫芦
没出息恰似遇到一串电阻
你也想到了，共同的饥饿在我们唇边如此嘹亮。

002

HUANG CANRAN

黄灿然，

一九六三年生于福建泉州，

一九七八年移居香港，

现居香港、深圳。

婚姻不是选择，不是像你现在这样
盘算要不要、合不合适、好不好的问题。
无论你有什么决定，最终都不由你决定，
因为你身上还有个命运，你碰上它的机会
远远高于任何其他机会。因为你会变，
而变正是婚姻之门的钥匙
　　　　　　　　　　　系在你腰上。
你会变得慢慢或突然爱上一个人，
而爱会变婚姻，而爱本身也在婚姻的过程中
慢慢变了，然后又变变变。
既然你会变得慢慢或突然爱上一个人，
你又怎么不会慢慢或突然不爱
甚至讨厌和嫌弃一个人呢。
爱只是你的变和另一个人的变的交叉点，
接着你们继续变，要么是同一方向，
而那方向也在变，要么是背道而驰，
要么是别的，不管怎样都一样。
　但你想想，人类是多么伟大，
可以在千变万变中依然维持着
不管怎样的关系；又是多么可耻，
像我，我已经这样，已经这样
　忍辱负重三十八年！

（他那副忍辱负重的表情
也一样伟大！）

巴士站

他们谁也不会知道
这里属于一个女人，
他们背着它，毫无感觉，
就像它毫无感觉对着他们。

当年他每天来这里送我，
我们的身体在这里碰触，
也碰触这里的广告板、电灯柱，
我们甚至在车门前拥吻

背着各自的父母，后来，后来
背着他妻子，而我只对着他，
我只有他，后来他又背着我——
我就知道会有这样的结果。

也许我不是这里唯一的，
就像我不是他唯一的，
但它依旧是我的一部分，
虽然我对他已毫无感觉。

在候诊室

在病人中间，他应该感到安全，
毕竟他跟他们不一样，虽然是个杂工
但每天准时上班，准时下班，
而他们每天不是头痛
就是感冒，或者喉咙发炎。

他知道他们哪个失业，
哪个守寡，哪个在乡下买屋，
哪个十年如一日总是干咳，
三两天来一次，仿佛
不生病就活不下去。

有一次他弯身跟我谈论阳光!
——是不是我手里拿着一本书，
他相信我更能理解他的感受?
早上出门，他沿途汲取阳光的“营养”，
放假就去登山，或去海滩游泳。

他“浸”在“大量的”阳光里，
阳光有时候很“磅礴”，
“风中的阳光”特别好，
初夏的阳光“有换季的味道”，
“晒阳光就像吃鲜果”。

——是不是我手里拿着一本书，
他相信我更能理解他的感受？
或者他年积月累，已经独具慧眼，
看出整个候诊室一片愁云惨雾，
就我耳垂下的伤口特别明亮？

和赫塔米勒

“你可以开口闭口几个小时
而没有说任何话。”

我们可以说任何话
而不必开口闭口。

“有些事情并不坏
直到你开始谈论它们。”

除非我们自己处境变坏
否则所有事情都很好。

“为了向前走
我必须向后看。”

为了向前走
我们不敢向后看。

“你在灵魂深处
藐视恐惧。”

我们在恐惧深处
藐视灵魂。

“没有名字
就不存在。”

我们存在的
也没有名字。

太平山上

莱耳带叶辉和刘立杆来香港，
大家立即就互相喜欢了。
我们上太平山，在山顶广场上
忘我地聊天，主要是谈诗，
莱耳专心给我们拍照。
看着那些变成黑白的形象，
虽然都四五十岁了，但那些动作，
那些手势，那些笑容，
全是纯真的儿童
生活在乐园里的样子。看着他们
我们自己也禁不住羡慕起来，
并往自身瞧瞧，再彼此瞧瞧，
再瞧瞧周围的环境，不大相信。
接着莱耳给我们看最后一张，
并说那是我们谈论楼价的时候：
我们顷刻间愁眉苦脸，
变成三个外地民工。

鸟粪的痕迹

这棵树似乎有话说，
当我远远看见它，
在一个冬天的下午，
叶子落尽，枝丫展开，
与公园里的树木
隔着一条马路。

它光秃秃，是想告诉我
它孤零零吗？当我走近，
站在树下，它严肃起来
把最后一片叶子落在我左肩，
又在我意识到的时候
飘到我脚边。

树下满地一圈灰白，
看得出是鸟粪的痕迹，
也许这就是它的意思：
雨水洗不去，足履踩不掉——
那么再见吧，如果
你没有别的秘密。

我的话还没出口，脑中
便掠过夏天傍晚的景象：
落日把余晖抹在树梢，
云彩在天边快速地聚散，
鸟声密集，雨声般
在繁植茂叶里喧嚣。

老宋

老宋在山下一家餐馆打工，
他是梅州人，常常在傍晚拿张凳子
在马路边闲坐，我经过时
总会跟他聊一会儿。
他有两个儿子，都已出来工作，
老伴替大儿子照顾小孩，
他自己出来打打工，
主要不是为了赚钱，
而是没事做太闷。
他说这人生哪，逃无可逃，
去无可去。他原来戒烟了，
太闷了又恢复抽烟。
每天傍晚四五点，他会去附近海边
独坐一个小时，虽然同样闷
但毕竟像监狱的放风场。

夕阳

我提早下山，为了去溪涌沙滩
待一会儿。我从沙滩右边
走向我从未去过的左边尽头，
那里有一间砖砌小屋，
我想知道它究竟有没有人住，
如果有，会是什么人。
秋天了，沙滩真如传说中那样
荒凉起来了，尽管还有两三对情人
在拍婚纱照，新娘们
也好像因为这种清冷
而变得不怎么漂亮了。
但我在那间小屋附近
遇见一个漂亮非凡的女孩
正跟她的胖男友或哥哥
玩沙堆。可当我看了小屋

发现它不像人住屋而像发电站
所以开始往回走的时候，
我看见远处，在几栋楼房背后
那一片树林背后，红彤彤，
像冲天大火似的，细看
竟然是一个巨大的夕阳，
有篮子那么大，把树林染红了，
再细看，那夕阳不就在更远处
在洞背村我屋子背后那个山头上吗？
我退回到那小屋边确认之后，
又继续往前走，目光不离目标，
盯着那片辉煌地燃烧的树林
尽管我好想，好想啊，
腾出两秒钟，再多看一眼
那个漂亮非凡的女孩。

二姐夫

他一生简单：
打工、赌博、向大耳窿借钱，
在债台高筑时由二姐来还，
如此一次又一次，也一次又一次
向二姐求饶。有一次他被追债，
又不敢说，竟然神经紧张地
中风了，脚变蹩了，但过不久
又一拐一拐去赌博。他给二姐
最后和最大的打击，是他患肺癌了。
二姐辞掉制衣厂的工作，专心照顾他。
我曾跟她说，她这个决定，
就像她从前的决定，是对的，
因为这样一来，她以后就不会有遗憾。
看来，她现在没有什么可遗憾的了。
但他呢？他其实也没有什么可遗憾的。
因为很多体面地过活的人
也只是体面地死去罢了，
就像很多体面地死去的人
也只是体面地活过罢了。

洞背村

当内心平静变成干扰，
当我又要租房子，开始
小心量入为出（还不是
入不敷出，还不是欠债），
我就想起洞背村。

我突然鄙视起我这份
做了近二十五年的工作，
突然对办公室感到恶心，
对我的坐姿感到滑稽，
当我想起洞背村。

我甚至没兴趣写诗，
没兴趣看书，虽然
我看上去还在工作，
每天还如常上下班，
当我想起洞背村。

我的冲动是如此强烈，
我对我曾经欣赏的街道和行人
是如此冷漠，那偶尔望见的蓝天
甚至开始鄙视我和恶心我，
当我想起洞背村。

大雾封山

大雾封山，我在沙滩散步时
就注意到了。溪涌山边的别墅
被悄悄罩住，雾迅速移动，
包围我们村子四周的群山。
我来到村口，村子不见了，
闸口背后一片白茫茫，
而我心里想，糟糕，我下午
趁阳光灿烂时在天台上
晾的被单、床罩和几个枕头
看来是白晒了，因为我上山时
能明显感到雾冰凉又潮湿。
回到家，立即跑上天台，
发现不知道哪位邻居
已经把我的东西收拾好
放在天台门边的楼梯口。
我没有发微信到群聊里问
是哪位邻居。在完成这首诗之前
我要保留这个雾一样的小谜团
和它从雾一样的神秘里
隐约散发的微光。

洞背站

我知道一切都会改变的，洞背村
也不例外，我来这里就是我自己
最大的改变。但我还是没料到
它会改变得这么快：村子对面山头
传说中的新学校就要动工了，
他们先在村子里做基础建设，
在路边铺一条巨大的排污管，
每当大卡车经过，就尘土飞扬，
路边茂密的杂草和灌木丛不见了，
翻出一堆堆黄土，首当其冲的，
说来你不信，竟然是淘淘：
他以前出来遛，都会往杂草丛里
嗅个不停，既为了拉屎拉尿，
也为了吃各式各样只有他知道
是安全和可食用的嫩叶， 现在
他在一堆堆黄土上嗅也不是，
拉也不是，但他并没有太过迷惑
或表示不满，只要我们还带他进山
或走绿道，那儿永远有路边杂草和溪水
供他使用。我说最大的改变莫过于我自己，
而且还在继续改变，也许搬来洞背村
只是我更大的改变的停靠站。

扩大改变

村里正在扩大改变，
小溪两旁茂密的杂草消失了，
我已经能想象——我已经差不多看见
一个广场暴露在赤裸的土地上，
小溪边也已先建好一条石砌的散步径
如同在一个城市小区里。
保安室旁今天出现一个小游乐场，
小孩子们正兴奋地爬上爬下，
前后摇晃，欢笑声
与不远处挖掘机和推土机的轰隆声竞争。
当我从村口那眼变小的山泉打水回来，
在无风无雨无阳光的闷热中，
两条不知道是哪两家的土狗
正坐在路边高高堆起的新土上
悠闲地纳凉。

安慰

她忽然说临时有事来不了，
他说，使他感到很失落：
他相当喜欢她，花了一夜
做准备，洗地板，擦椅桌，
把房间的床单枕套都洗了，
枕头也一块拿出来晒了，
他自己打算睡沙发。

而我说，或许是他幸运，
也许是上天的干预，使他
避免了一场伤透心的感情纠葛：
家具一尘不染，地板干干净净，
他睡回他的床，躺在清新的床单上，
枕着有太阳曝晒味的枕头，
睡得又深又沉，虽然失落。

003

LIANG XIAOMING

梁晓明，

一九六三年生，

杭州人，现居杭州。

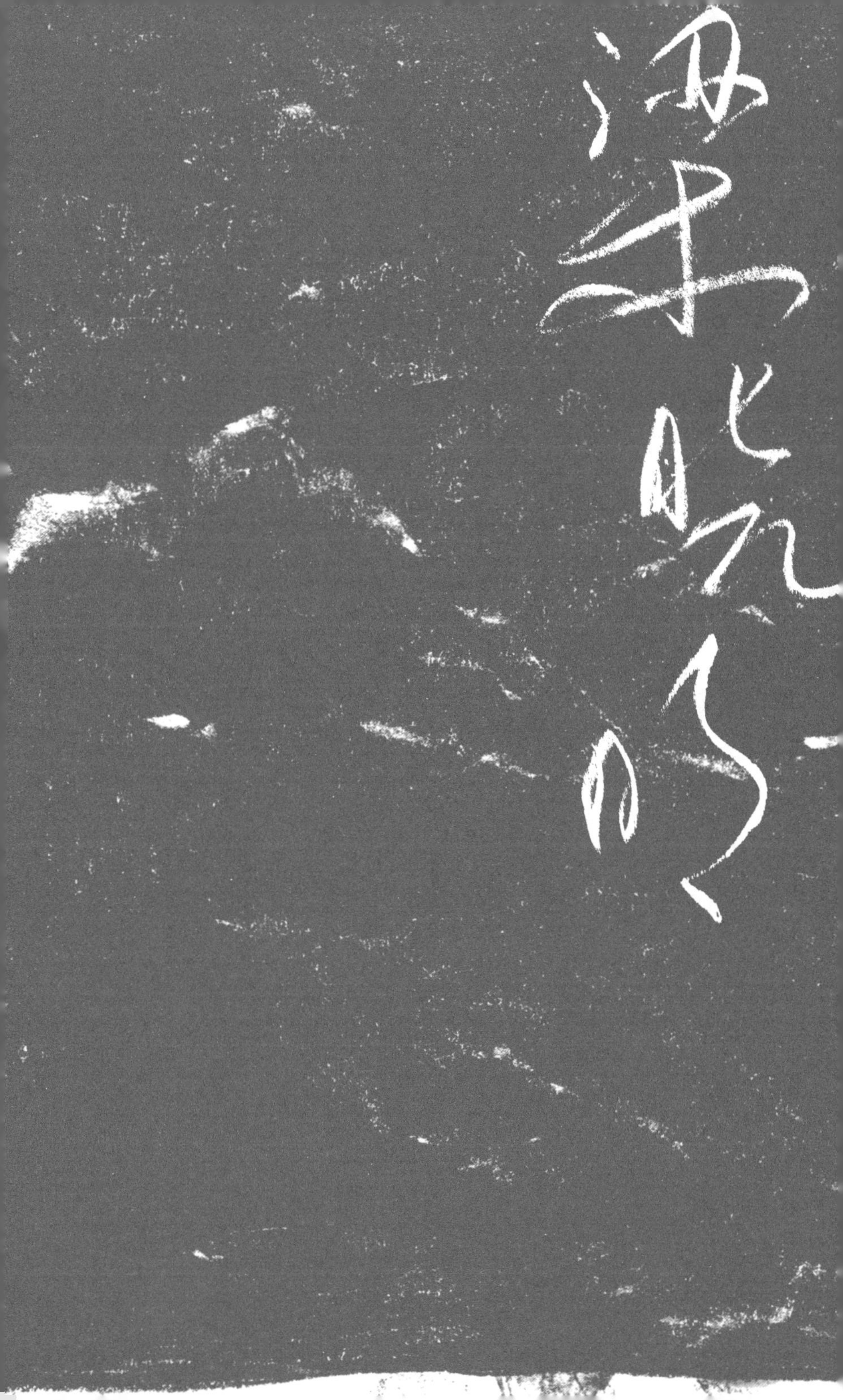

枪

让战士的手长在我手上，让诗歌成为枪
一点良心，闪耀在枪尖上

这搏命冲刺填进我一生，单程车票
三分之二的驿站，酒旗杂飞、尘灰总起
路在掌纹上折曲漫长

该落的早已落下，该来的，还在他乡
鸟儿拿命拍翅冲天，落羽轻扬
也轻扬几曲残缺的歌唱……

我低头，月光洒下的不仅是凄凉
更多是苍茫，更多歧义的方向，与脸
紧贴我内心桀骜的车窗

读米沃什

——在许多西瓜中
我担心变成西瓜

I

头颅像橙子被中间切开
从里面走出几条街道，包围广场的两道栏杆
低头与星星密谈的路灯，洒出去的光斑
像穷人眼中反光的硬币

童年在堤岸上铺开躺椅，身边走过
踩着鹅卵石台阶的，那大姑娘
皮肤像墙壁一样白
眼睛像两支
不亮的电筒

冬天的笑声零零落落地洒在半夜，像俄罗斯
越走越远的马车上的铜铃
车辙里我朗朗的念书声
烟一样散开

云朵又把它托起到比烟囱更高的天空

像椅子一样的故乡，朴实像一只枕头
黑暗时刻它静静托起你的后脑
它手捧勋章把往事儿子一样领到你面前

Ⅱ

我打开油菜花的窗口，我抚摸甘蔗的鼻子
我怀着橡胶的心情哼起一支菠萝的歌

一片波浪推波浪前进的歌，它想占位
帮助是田野里大蒜的思想

我躺在南瓜心里，两臂上长满番薯叶子
蚯蚓趴在我肋骨上歌唱沉默的斜阳
我和茄子一起接受露水

我和秧苗一起长到大地上来，我怀抱着启明星
嘴唇亲吻着黎明
我拉着月亮的滑翔伞降落到人间的各个山头，
为能看见更远的归宿、阡陌、绿色像一道远伸的挂毯

我树叶一样全身微笑起来

重阳怀故友梁健

重阳插茱萸。城市化以后
我在城市中心
中心
无茱萸。
有水泥、钢筋、喷泉
和招姿打扮的小区和姑娘。
要不，我插一个姑娘
在重阳
遥想曾是兄弟的你？

你已从兄弟的路上走开
插茱萸插
姑娘
都淡了意义。
我插水泥插钢筋插喷泉
我望着白幡的额头，

兄弟记住，今天
我用重阳插你！

我等车

我等车，我心里就有一辆公交车迎面开来。
我上车，公交车就到了我身体外面。

我难道在我国家的心里？

国家的空气认为我应当彻底由他哺育
我如果是一棵小草
当然也应该由他哺育

那我和小草，是什么关系？

我怎么从来不去想空气和我的紧密关系？

霓虹灯像我随意乱看的眼睛，挂在墙上
或者随便睁开在哪个角落里

公交车在我的身体里开
霓虹灯在我的眼睛外面乱看

霓虹灯和国家是什么关系？

坐公交车回家，我这样乱想
我最后会去到哪一个家里？

天空，给我们一颗心灵

所有河流和屋檐低头的日子
向大桥告别！
喜悦的钟楼，青瓦上飞起的鸽子
我衣裤翩翩为好消息而倾诉的曲折回廊
围绕梅花的深院，把梦想
依次传递的惨淡月光
松树下
大青石上下棋的茶杯

给我们心灵
鸟把所有翅膀从空气中收回
喷水池带来水珠的思想，转瞬即逝
屋角见到扫帚，他一次次为灰尘打开屋门

黑夜准备笑脸。膝盖颤抖地为帽子开道
为一场电影向肠胃打开
而轻推门窗
一片月光下手指为烟缸频频祭奠

心灵在椅背上逃亡
从鞋垫里、头发屑
从牙缝中剔出的废肉丝
在女人为人类打开的河道口
所有天鹅都离开了城市

我闭上菊花的眼睛呼吸着城墙上
那日见衰败的古代砖瓦
青苔四处展开
我是最后一张嘴唇
在坚持说话，在为最后一粒芳香的水稻
从头顶我高举着一捧泥土

天空的眼睛

用天空的眼睛看我们正在规划城市
计划对农民怎样施肥
怎样使葵花站在广场上旺盛开花
让河流从山腰直奔家庭
把农村缩小
缩小到一封信里
用关心的双面胶细密封死
然后，在无人可收
地址空白的封皮上
我们用烫金光芒写下：
我们的饥饿是最高宗教
从饥饿出发，我们公正
而且锐利

谁的墨水直逼太阳？
谁的帆缆向风暴出发？

今天我小心抚摩的日子
我码头握住的手
浮萍悄然独立的梦想
在大地的胸脯上正被冲洗
被发展的推土机一点点清理

云彩被季节规划，雨水被安排着落下
新生树叶刚睁开眼睛
空气就开始收费和教育

最难的日子

最难的日子
耳朵上都是风声

裤兜里的水乡小镇在胖乎乎的肥肉里流淌……

小妾的短裙子在狭窄弄堂的竹竿上摇荡

麻将的好日子在钩心斗角的嘴边展开

糜烂的脚丫大面积走在江南的路上……

发痒的炊烟
一点一点
慢慢地袅娜扭曲了南方内敛的灵魂

天上细细的小雨下来了漫天苗条的减肥姑娘

分离在城外的荒地上蔓延，无人注视
死板的石块下微笑在倾诉弯曲的生存，微笑时间长了
到达了浮肿

逼人炙热的阳光下
维持生命的一点呼吸
透明而轻微的一缕纤维……

薄纸一张
最难的日子
舌头上都是风声

内心

城市进入内心
高楼的语言嘴边矗立！
批判的玻璃钢瓦凭借阳光显赫地指出：
我的思想是个人主义

大街宽阔地展开大嘴、资本在排队
它说：家庭是一张薄纸
生命是一小碟切开的黄瓜
只有荣耀
那高耸的旗杆
在空空荡荡的广场上耸立

空荡的广场进入内心
时代的公共汽车装走了眼睛和风吹的山林
友谊的小虾在利润的餐桌上苟延残喘
爱情变成筷子
被随意使用在快餐的掌心

快餐进入内心
权力成为最亮的风景
谁这时说人
谁就将成为最后的喘息

把天空放下

把天空放下，我又被大地吸引
紫葡萄带着甜美的六月把我的耳朵向爱情吹奏
我这样渺小，却喜欢太阳
所有绿草都喜欢穿上春天的花衣裳
瓦罐带来音乐
扫帚带着我离开灰尘
我干净的眼睛在哪一片嘴唇里才能休息？

哪一片酒浆能使我的额头再一次长出燕子的翅膀？

给屋檐带来雨水，给窗帘带来灯光

烟囱升起我悲痛的胸口
冷风站满了我的双肩
我这样宽容，却喜欢梦想
在黎明的桌子上我虔诚地献出另一双皮鞋

我的脚是两朵盛开灿烂活泼的葵花

步入秋天，最后一首诗和我的努力

既然我必然地居于我家里诗歌的中心
我就要把优美分配给筷子，把光明赐给碗

现在我是哀伤风向标的气候了
我踮着猫的步子写诗
关上门，我边走边把
忧郁铺在一层一层的大楼梯上

灰尘中我的脸出现，死去一百年的严峻眉毛
这世界我曾羊一样喜欢，我却变成了羊草
现在我又回来

这些树的意志四处存在，广场上的旗杆
依然在注意来往的时间

现在机会多了，我差点变成了所有植物
手伸向各种雨水，诞生，颜色和船……

004

YANG XIAOBIN

杨小滨，

一九六三年生于上海，

现居台北。

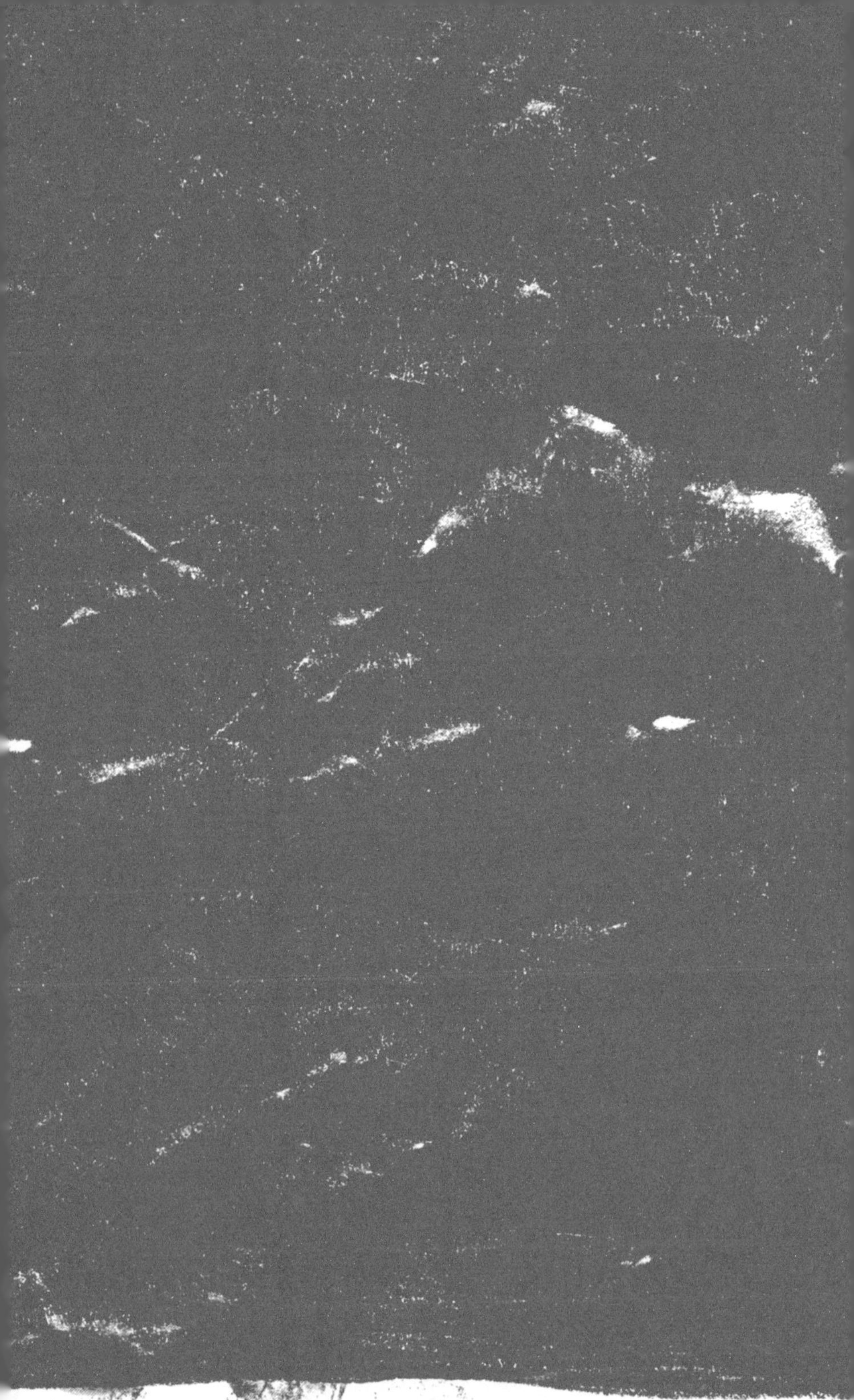

弯腰课

不知道在笑什么。世界
直不起腰来，没想到
风还会这么冲动。
吹起的尘暴，足以
让一切咳嗽无足轻重。
但弯腰的绝不止蒿草。
从远处望，山也弓着背，
凸出软，却忘了融化，
仿佛认不出云是姐妹。
那么，即使是牙缝里的雪
也不会因为痛而硬起来，
咬紧自己，意味着舌头
还能顶住强吻的雷电，
在断裂的诱惑下，假装
满地都是金灿灿的真理。

2015年7月1日
7点59分60秒

瞧，法镭[1]，心跳还没开始，
世界刷的就过去了。
刀锋才眨了一半，深渊
却闪出瞳仁。哦，法镭，
黎明太远了，怎么说呢，
从来也没有像现在那么谦虚，
让给东方一线希望，从门缝里
瞥见你惊恐的睡。

小夜曲偷走了，还回来一截
南柯梦。可惜太短了，法镭，
衣鱼还夹在书页间喘息：
它的扁平生命有多薄，时间
就有多脆，一不小心
就能折断。但，那假如是
牡蛎吐出的一丝舌头呢？

也快得仿佛从来没有来过？
只剩一秒，如白驹过隙，
比不曾有过的还要令人心碎。
伸出手，法镭，你捏住了
飞蛾扇动的一寸风吗？
时间真的一点都不软。
亮晃晃的夏天，藏在笑里，
醒来之前，一天已经过完。

---

1. 法镭：指诗人杨小滨，其使用的一个笔名为“杨小滨·法镭”。

新年灯会指南

从黄昏就开始鲜艳起来，
到半夜还怎么得了。
更不用提，等到清晨
号角会有多不好意思。
都咯咯地叫个不停，让人
误以为鸡窝里从来没有
摆过生肖的流水席。
本来也飞不上天，
每一对彩虹般的翅膀
都只好挂上星星的糖果。
那么，就把霓裳羽衣
送给风中的可怜新娘吧：
她发甜的眼睛从来还没
跟软月亮比过谁更嗲。
不过，只要从蛋壳里钻出
脑袋来，再哆嗦的鸡鸣
也胜过银河里的天籁。

勒索指南

顺着猎枪，你找到了猎人。
你逃进他的口袋里。
在枪声粘牙的时候，
你突然咳嗽了，你
咳出咬不住的秘密：
宁可被击倒，你也不愿
在一个甜美的日子里变成子弹。
你抓住猎人的袖子，
喊出了沉默，却无人回应，
你必须成为猎物，
成为香喷喷的野味。

黑金刚主义

挣开，眼前一阵发黑，
上了膛的子弹暗藏迷恋。
躲在壳里时，他们
不过是一队隐士，
推搡寂寞，为了更寂寞。

有时，大眼瞪小眼才能
忍住满腔怨恨。
顽固是什么？以不动
抵御动，咬紧不坏身。

他们害怕昼夜。因为
就算转成球状，
也免不了会被劈成两半。
不牵手，为感伤的世界
演一场酷毙的哑剧。

告诉我，风景怎么才能
揉成面团。要不你拧给我看：
这片软绵绵的天。
昨天，它欠了我一屁股雨水，
又有谁能擦干，告诉我。

夕阳为谁丢破了鸡蛋，告诉我。
或许，天使从来不曾在
哭泣时碰碎过彩虹。
伸出手，怎么也够不到夜——
幸运的是，夜准时会来。

告诉我，要把哪次盛夏吹出雪。
你拎起自己的脚底，抛洒
惊恐的呼喊。打开门就是
梦的终点。但你的泳姿
能覆盖多少海水，告诉我。

呼吸指南

我戴着口罩，坐在电视前，
遥望屏幕上的蓝天。阳光下，
粉扑扑的孩童在唱：
“解放区的天是明亮的天！”
幸福的主持人抑扬顿挫，
朗诵晴天的喜讯。
突然，屏幕里伸出一只手，
摘掉了我的口罩。
微笑背后响起命令：
“你必须呼吸这纯净！”
我不知所措，一不留神
把鼻子也摘了下来，
递到主持人的话筒前。
“这烟雨苍茫的都城！”
从欢乐的韵脚里，
我闻到了新鲜的唇膏，
对灰蒙蒙的世界一无所知。

豆豆糖主义

他们笑容甜腻，
嘟起七彩斑斓的双唇，
像春天枝头上的花骨朵。
风一吹，都飞成小行星，
有些转得快，有些一直发呆。
暴雨缤纷，从加州下到白宫，
政治比天气更花言巧语。
老学生也脱掉乳牙，戴上梦想、
首饰和子弹，过得美滋滋。
砸吧一下，未来就洞开了。但
满嘴的镁光灯，没有一盏
照亮蛀虫的味蕾。

明星教育指南

他捧出一张明星脸，问
换成了这样怎么办？

拿来剪刀，把明星脸再削薄些，
我扯下夜幕，让他飘上天。

果然，脸如风筝腾空，
俯瞰，大地是一片蜂拥的鬼。

表情写意了欣喜，月亮
也偷笑起来，抹一把洗不干净。

怎么连一丝云的声音也没有。
坠落，有一种被吻到的错觉。

讪讪飞来时，我把他挂上树梢，
好像脸上涂满了巧克力。

太暗了，也找不到蝙蝠侠了。
给我一脸他的惊险。

怀抱一座女桥

怀抱一座女桥，如同怀抱彩虹。
在雨后，泪奔的河上。
甩出时，桥的劈叉令人惊叹。
已经留不住了，那阵风，
落日吞没了桥上的游魂。

把女桥卷起来呢？假如，
她捆不住黄昏的河，
那就只好无力成水蛇，
揉出琵琶的碎日子。
那是女桥的一点羞涩。

抻长的女桥，眯在丹凤眼里。
世界只是倒影，从
桥孔里挤到另一个天地，
就忘记来时的方向，
金灿灿，但漫无边际。

抖包袱主义

我抖落满身灰尘，你就笑：
这才知道自己其实很旧了。
包袱打开，空衫不见情人，
还没耳语就痒得刺骨。

你挠腮，我在远处放声唱，
绝配的友谊咳出北风。
天空是什么？抬头，哈欠，
脱口秀溜出胡同，蒜味儿呛鼻。

新泽西的美眉会比毛家菜辣？
牡丹亭开出玫瑰花，
辣，只是另一种尖刺的美。

包袱里裹着两个帝国，而花园
只剩半个。挖土机轰鸣——
就那么一下，泥巴酸透了心。

雨女连影

雨女连影，窗正息而丝下味淌迷
淌雨连女丝，息味而窗正迷影下
味息而影窗淌迷，雨连正下丝女
窗迷丝下淌影而连雨女，正息味
连迷息而女，雨正丝窗淌下味影
迷息丝淌连下，味影而女雨正窗
影而女丝窗迷正淌，雨息味下连
息而丝淌下影，雨味连女窗正迷
雨连迷而淌女息影，窗味丝正下
下味丝正迷影窗，息女连而淌雨
女息正淌，雨窗迷下连影而丝味
而窗迷雨连正丝下女，息味影淌
连淌下女正丝，味息影而窗迷雨
正淌窗连女，息雨影而迷下味丝

005

CAO SHU

草树，

一九六四年生，湖南人，

现居长沙。

草树

鸽子信

一个人悄悄把我
投递出去。收信人并不相熟
他登记，签收，不拆封
让我一直处于黑暗中

我和他隔着道道铁门
他将我发回原址
也没有“查无此人”之类的理由

当初由他们封口，现在
我自个儿拆封，像剥离伤痂
面对一种发热炎症
竟无从仇恨致病的细菌

很长一个时期我不愿出门
懒得抬头看人，像一封
锁在抽屉里渐渐发黄的信

而看空一切，却从空中飞来鸽子
它落在阳台的晾衣架上
羽毛镀着晨光，咕咕叫几声
看我一眼，又咕咕几声
我内心欣喜。或许因为这世界

还有“他一看就知道”的鸽子信

病后

抢救室的一切
像一场暴风雨或暴风雨般的
前线作战司令部

之后一切更清晰地呈现
女儿蹲在脚边，清澈的眸子
像滴水的树枝

妻子站在梳妆台前
伸展出依然好看的腰身

远处的坡地流水闪亮

偏瘫之手

手从桌上烂泥般坠下
我不能说话了。手指恢复
力气，我又获得了语言
这是多么神奇的事情

说不出话，以眼泪回应关切
像一场塌方，泥石裂开处
泥沙俱下，涌流汩汩

手。曾经拥有多么奇妙的表达
当她在自行车后座
从裤兜摸向我的两腿之间
我的身子微微一抖

或从公交车吊杆上滑向我的手
那时只有我的手真正懂得
什么叫肤如凝脂、温润如玉

在琴键上如溪流，音符是浪沫
在刨子上微微翘起食指
把握着形式。犁把上的手
在春天书写大地的诗行

而我的手哑巴了。假如法官的手
轻轻一斜，该以怎样的语言
描述天平的微斜、冷雨的乱飞

假如是坍塌于一场谎言事故
那它就是废墟中的幸存者
不能书写，不能言说，但仍可
以微微的动弹，作证

淤泥之子

走在杨柳的湖堤上
我想起大旱之年那个孩子
在淤泥中两手垂着，笑眯眯
俨然一个淤泥之子

甲鱼的爪印像金丝桃
裂缝含着泥鳅背脊的青幽
春天的滩涂长出碧绿的嫩草
草香曾经盈满他的记忆

老鹰的影子在镜中远去
他乘车远行，闯出大世界
站在窗明几净的办公室
却满身泥点如暗火燃烧

互泼淤泥。不再是嬉戏
衣服脏了也不是下水的简单理由
快乐再临只在那塘干水尽
鱼儿仓皇、白银闪烁之时

当那低处的泵发出一声咕隆
他也听出垂死者的喉音
镀着鱼儿的银镜破碎了
尘埃沉淀。他在此处看见

柔软、温润，大地深深的挽留
在一个人的干旱中，他自以为
远离了淤泥，其实生命从未离开
这个无形的、巨大的胎盘

重轭

梨木制成的轭。戴在
水牛的脖上。父亲“驾”的一声
它的双腿踢起春水
嘴巴溅出呼呼的唾沫星

山阴道上，母亲背上的柴禾
高过了头顶。她只能用手从侧边
轻轻摆动以示召唤——
其时我远远落在后面采野草莓

如今重轭落在我肩上
无量无形却比井架下那民工
肩头的水泥更沉重
比药市清早卸货的搬运工

更不能“释怀”：当从卡车上抛下
一件党参或麦冬，他们油亮的脸
闪光，一袋红花发出红砖的
响声，更是激起笑声

而我不能喘息。偶尔叹息
只在明月西斜、辗转床头之时
我不能卸下只为那半年只长一寸的
头发，为那半夜的号啕

这重轭卸下之时，并未迎来
庆祝的礼花。如削光的木头从山脚
滚向河边：只有刺耳的摩擦声
再无树枝的簌簌声

月亮

父亲把我扔在后院的草坡上
朦胧的山脊上一轮皓月
让我止住了哭泣

与母亲一起去公家土里摘辣椒
它淡淡地挂在天边，像从附近村庄
隐隐传来的一声狗吠

当我和你在武装部的围墙一角
拥吻。第一次。月亮照耀屋顶
水杉的针尖微微战栗

而垂死者眼中的月，是镰刀
还是一滴擦不干的泪？当她艰难地
支起身子，透过车窗，最后一眼回望家门

高墙电网之上那一轮月啊
曾照耀我的困境，它的光因刺刀的光
探照灯的光，而显出仁慈

此后我欣然接受它的宗教
当它高悬中天，像茫茫夜海的航标
或低垂瓦檐，像一只灯笼

无聊

从奔波回到闲暇
我捡得了无聊

像一个人在荒凉的河岸散步
看见了一只废弃的小舟
随波荡漾，无所事事
没有了锚的规定和桨的繁忙
当然也没有水花的闹热

不是在酷暑而拥挤的候车室等火车
不是看守所里凭空多出许多时间
不是从同学聚会的嬉笑中归来
生出莫名的厌倦
不是一个妓女把酒店门带上刹那
突然冒出空虚，如废墟冒烟

我想描述它，它像湖面上野鸭消失在水里
我想以围湖散步的简单循环定义它
却看见水边一丛菖蒲，鼓起花苞，像初孕的妻子

远光灯

夜晚行驶在高速公路上
对面远光灯射来强光
让我瞬间陷入目盲
目盲的恐惧：面对重机枪的听天由命
或悬浮太空的四脚落空

它熄灭了。我就像脱离了死亡线
相互的打开和关闭。像萤火虫
勾勒了黑暗的原野。像“开闭开”[1]
像情人眨眼：啊，我心领神会

早上，我仿佛回到了文明世纪
等待清洗的宝马，引擎盖布满虫蛾的尸体
我有一种幸存者酸涩的喜悦

打了蜡的漆面微微闪光

---

1. “开闭开”，以色列诗人阿米亥诗集名，指犹太教口传律法《塔木德》描述的婴儿在母体内嘴巴闭合肚脐张开，到出生时原来闭合的张开了，张开的闭合了的情形。

乌鸦

乌鸦"呀"的一声
整个黄昏揪紧了
抖落开来，满天星辰灿烂

一滴墨。浓重了夜色
让萤火虫更明亮地勾勒

这不祥的鸟啊，如今只飞翔在记忆中
没有乌鸦的天空
就像没有鸡鸣的早晨
就像没有水的水缸，没有用裁缝的画饼
在背面写着亲人生庚时辰的碗柜门

几天前一个留守儿童淹死在池塘
那个迟到的母亲，悲痛欲绝
如有一声鸦鸣，她也好有个地方责难
没有。只有塘边一人多高的茅草簌簌作响

秋日

将黄未黄一如
你将白未白的头发
不要说银杏葱茏，叶子还不黄
这不，一场冷雨过后
今晨出门，已是黄叶满地

我相信步道上那中年人
散步时将手高高甩过头顶
必有他的缘由。你看见枫叶红
未必细察，它的斑点和虫洞
小径中，细雨和黄叶落下

芙蓉盛开恍惚春景中
香樟茂盛也遮不住
枯败的莲塘，莲梗如断箭
莲叶剩下一半绿，一半垂落水中

跻身木栈道的热闹中
你依然感觉霜冷。临水酒吧幻灯摇晃
只当是这向晚色彩一种
斜坡上紫薇和枫树开始叶子发红
水杉红里慢慢透出橙黄

栾树孤高，挂着串串灯笼，像新移民

006

YE HUI

叶辉，

一九六四年生，南京高淳人，

现居高淳。

叶峰

野鸭与白鹭

野鸭和白鹭
停在离岸不远的湖中
头朝向浅岸，石头还有芦苇
一棵乌桕微微晃动，几个小时
野鸭在睡，穿着那件
老旧的蓑衣，白鹭注视着它
或轻灵地收起一只脚，佯装俯瞰
水草摇曳。天空湛蓝
像在某种远古的时间里
白鹭和野鸭，它们之间的静谧
隔着白光和灰暗的倒影
隔着不同的时代
突然野鸭飞走了，傲慢的嘴
肥硕的尾，从湖面上升起
只留下白鹭，独自站在一片涟漪里
湖面之上是正午酷热的寂静

鸡冠花

有一天，鸡冠花
会思考这个世界，用它的脑袋
悲伤只是一种气味
人类更加冷静
经书的边缘开始模糊
壁虎，骡子，性爱
将分离。拼凑的大陆
再次漂移。也许
只有森林中还有片刻的宁静
猫头鹰正在犹豫
但世界崩塌了
不会再给一点机会

在北京遇雾霾

我把雾霾中的探头
当作是在高淳乡间看到的
那些鸟，那些麻雀。它们收拢翅膀
不敢飞也不鸣叫
在国家歌剧院旁边，靠近
西交民巷的某个路口

大英博物馆的中国佛像

没有人
会在博物馆下跪
失去了供品、香案
它像个楼梯间里站着的
神秘侍者，对每个人
微笑。或者是一个
遗失护照的外国游客
不知自己为何来到
此处。语言不通，憨实
高大、微胖，平时很少出门
女性但不绝对
她本该正在使馆安静的办公室
签字。年龄不详，名字常见
容易混淆

籍贯：一个消失的村庄
旁边有河。火把、绳索
还有滚木，让它
在地上像神灵那样平移
先是马，有很多
然后轮船，火车和其他
旅行社、导游
记不清了。中介人是本地的
曾是匍匐在它脚下
众生中的一个。他的脸
很虔诚，有点像
那个打量着自己的学者
也酷似另一展区的
肖像画。不，不是那幅古罗马的
然后是沉默
是晚上，休息
旅客散去，灯光熄灭
泰晤士河闪着微光
看来它早已脱离了大雾的魔咒
水鸟低鸣，一艘游船
莲叶般缓缓移动
仿佛在过去，仿佛
在来世

两条狗

在大街上
我看到两条狗小跑着经过
步调正式。婴儿车
安静，车辆
缓行，急走的健身者
像一群群刚复活的圣徒
笔直向前。两条狗
它们之间距离合适，有如
工程师和助理
少尉和大兵
只在路口有片刻的停留
作简短的提示。没有人知道
它们要去哪里
脚在地上发出的沙沙声
是一种震颤，像沙漏
那些不明白的重要之事
那些已经忘掉的隐秘

大地

古云杉能成活上万年
蚂蚁懂得如何
避开胡椒，在古代
你不会看到番茄，但这些看起来
就是现在它们共处的大地
也曾是恐龙和桫椤的大地
在它之上，巨型鸟已经绝迹
只有无数条闪着光的航线
在穿行。无人机如飞蛾
追随着一列神秘的列车遁入
峡谷的黑夜。一个孕妇
起身喝水如满月，江河将被驯服
不远处的监狱里，惯犯
已在上铺熟睡，鼾声听上去
有如《命运交响曲》的前奏

高速公路

高速公路
像一种幻象，在粗陋的地面
隔离了两边破败的
村镇、人群

犹如一根黑亮的绸带

有一天，我们的灵魂
是否也可以这样离开，沿着这条
深不见底的河流
永无尽头

注视

很多昆虫
只生活在暗影里，薄荷
只要小剂量的光
在古老的院子里，现在和
记忆并不轮值。空气中
青草的气息，其实是
收割的气息。有一扇窗子
会打开，镂空雕喜欢的阴影
会使石狮子复活：毛发疯长
利爪蜷缩，它的安静只是
一种屏息。犹如谈判中的对峙
中间会有人离开，去洗手间打电话
旁边，眼窝深陷的女人
目空一切（只喜欢吊坠）
夜晚很快来临，夜里全是黑的，没有倒影
只有楼梯道里昏暗的
交易在进行。美术馆里
有一盏射灯，仿佛永远照着一张画
（它被盯死了）。老鼠在下水道
进进出出，仿佛在看天有没有亮
晨曦首先出现在树冠上
里面藏着几只寻常的鸟。而中午
诗人会坐在树荫下
注视着明亮的广场，因为
在强光下你会看不清轮廓

湿地

Ⅰ

城市湿地
被保留的荒芜，如同动物
藏在洞穴边的一块
美味的鹿肉

Ⅱ

傍晚散步
想起有人说，遇到大难时
狗会退到我们身后

我注视着前面
一条棕色的猎犬，欢快奔跑
我们间已有了间隙

Ⅲ

似乎，我们
只喜欢谈论人所创造的
艺术、音乐……

植物只知道一些
仅限本地品种。昆虫知之甚少
只是有印象
是好像，如同穷亲戚

Ⅳ

不能听得很远，看得很深
河水应该有它的方向
雷电也有它的出处。而倘若我知道
这些鸟雀的飞起和飞落
我也就懂得了山水伟大的奥秘

蜘蛛人

傍晚六点
蜘蛛人攀爬在街边
大厦的幕墙上，雨燕
在急速翻飞。下面
车流闪着光，保安独自
站在门口，以前
他或许曾是穿着兽皮的猎户
越聚越多的人，像山涧胆怯的麋鹿
抬头等待，他告诉我们
灯光明亮的窗子后面
是否一直空着。整齐摆放的文件
高档的皮椅，这个
统治着世界的办公室
是否也已经下班

007

LIU LIGAN

刘立杆，

一九六七年生于江苏苏州，

现居南京。

刘之杯

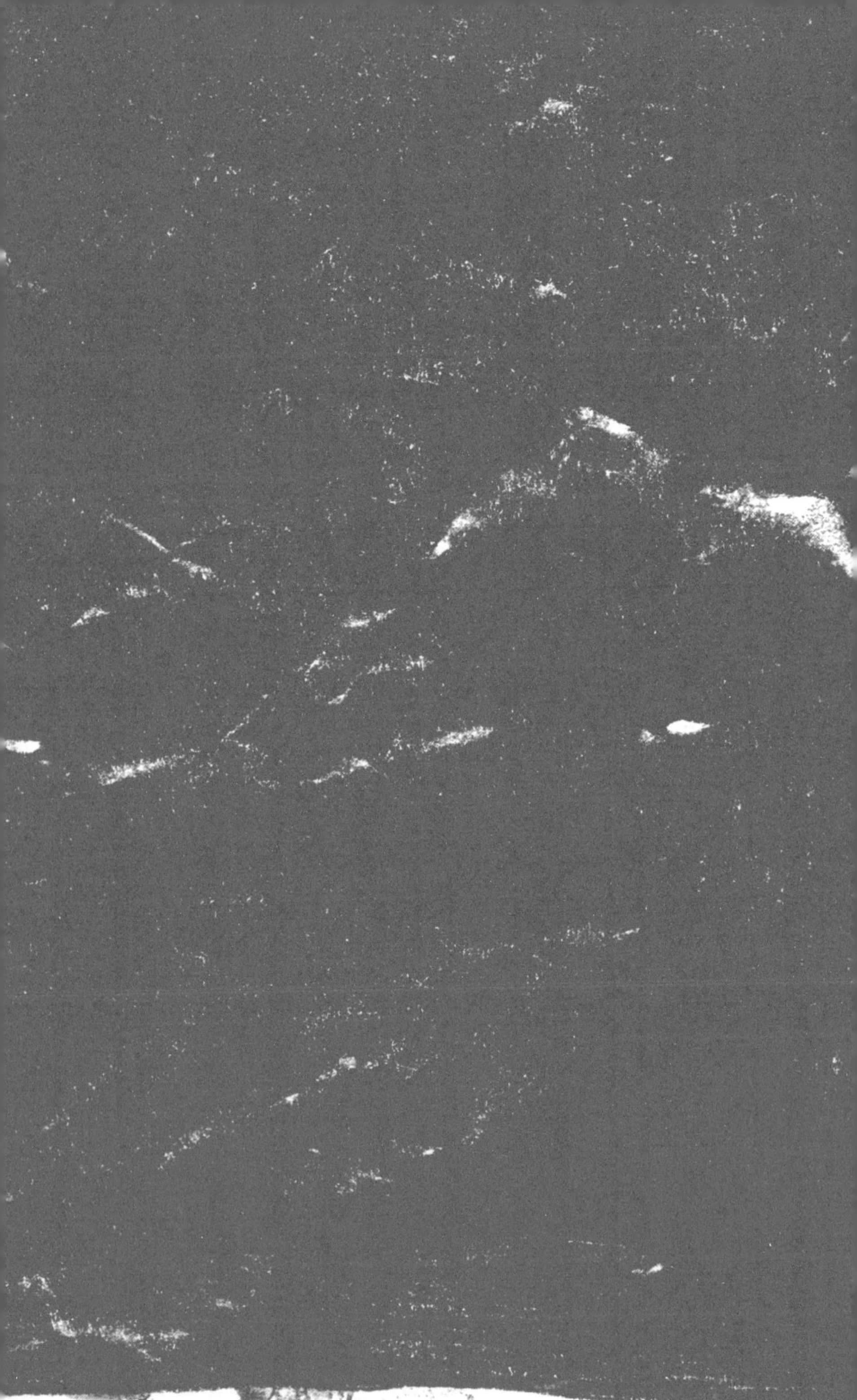

去老城

公共汽车在蛇蜕似的
窄街缓行：刷了石灰水的香樟树
以及“故乡”这个词的
乏味折磨。冬天灰蒙的光
落在塑料座椅上
仿佛文征明画中擦皴的山石。
我看见一个小女孩站在衣橱前
端起青杏似的胸脯
而落灰的穿衣镜在擦拭中不断膨胀。
随后，祖父丢开生锈的洒水壶
跳着脚，大喊着什么——
什么呢？碗橱里残留着明矾
和煤油的气味，他俭省的一生
都在诅咒一小块充公的湿冷的土地。

六月，绣球花怒放。
静穆的礼堂。午夜时分
一艘蒸汽船忧郁又延迟的汽笛。
一个傻头傻脑的寄宿生
迎面走来，腋下
夹着托马斯·曼的《魔山》。
冷咖啡的残渣和一座体育场的欢呼
在胃里不断搅拌着。
人群涌来，在售卖香烟
硬糖和花布的杂货店排起长队。
我们的疯邻居，镶了金牙的
嘉良伯伯一路跑来
朝少女们的短裙吐唾沫。
黄天源门口，浑身瘀青的外公
松开腰间捆绑的条石
打算和往常一样叫碗头汤面
再去澡堂泡上半天。
而姑父心不在焉地套上翻毛皮靴
叼着烟，蘸肥皂水刮胡子。
我喜欢他的所有举止
粗野，沉稳又有点儿狡黠。
但乌鸦在乱飞
大运河在推土机和废墟间
懒惰地流淌，不留下任何倒影。
没有谁可以阻止告密者

或让他们远离朽烂的
楼梯，这些我爱的必死的人。
空荡荡的车厢里
一架收音机嘶嘶啦啦
唱着“何妨一起付汪洋”[1]……
太寂寞了，我想起
你的叹息，雨中洇开的睫毛膏
你最后的遗言——“快点，快点！”
但我只是一个整天在街边
闲逛的男孩，为蛀牙
或撒谎而苦恼，不可能想到
有一天时钟会快过飞掠的站牌。
公共汽车突然拐弯
穿过两排行道树熄灭的火把。
我看见他们站在原地
拎着饭盒，平静地看向后方
假装还有一趟车驶来。
太阳升起来，照着脚下
不断消失又延伸的沥青路
每个人的脸都因为死亡闪闪发亮。

1. 引自苏州评弹《杜十娘怒沉百宝箱》。

顺道拜访

家具老旧。廉价地毯
磨出了白茬，有一股猫的酸味。
他走来，变形的指节夹着烟
不时搔着鬓角的灰发。
三十多年前
一个莳秧的青年捋直裤线
来向我们传授一种恶魔理论
来恫吓“堕落”的灵魂。
但越狱后的教室里
只有弯折的教鞭，课桌上
潦草的、亵渎的笑话。
寒暄后的沉默。
他开始抱怨失眠和风湿
不停雇佣又不停解雇的保姆
那些毫无教养的俗妇
要么偷懒，要么偷他的养老钱。
突然他摘下眼镜
鼻尖凑近我，似乎再次
嗅到了隐约的警报。
“哦，别提过去那些破事了
让它过去，不是更好吗？”
时间见证了两个同样
一事无成的男人，我的庸碌
他的鳏居、溃疡和憎恶。
但革命和李贺依然像清水鼻涕

在他袖套上磨得发亮。
我掉过脸。暗沉的窗外
暮色脏抹布似的
擦着玻璃。“我们这代人啊
不过是忠诚的猎犬，”他掸了掸
膝盖上掉落的烟灰
“喏，一条讨嫌的老狗。”
我感到有只生锈的铁皮罐打开了。
陈年血腥味在房间里
重新弥漫开来。我告辞
飞快地走下楼梯。而他扶着门
嘟囔着，唤着猫
夹着早已燃尽的烟蒂
如同老迈的绞刑吏
走到臭烘烘的浴室莲蓬下
“唉，这些小婊子，小婊子。”

忧郁的热带

他们来了，披斗篷的匪帮
宽檐帽浸透了油汗，像烧甘蔗的
大火，从鲁尔福的平原
卷过饥饿的村庄。而肆虐的雨
从未停止：那拴在床脚的斗鸡扑腾着
迈着慌张的碎步
已注定了落败。但胜利是什么？
当回声从群山中消散，嗡嗡的群蝇
落在小酒馆粘腻的吧台上。
此刻，从我的窗口望去
雨断续下着。在《百年孤独》里
这雨下了整整四年十一个月。
加西亚·马尔克斯
一只盛装的公鸡，肥厚的蹼
用力拍击着妓院的楼板。
伊莎贝拉·阿连德，他穿裙子的姐妹
跳下马车，去厨房烧煮催情的晚餐。
红色龙卷风翻滚着
像一支探戈不断掀起的裙摆。
博尔赫斯，一头倨傲的
金刚鹦鹉，裹着毛毡在街角打盹
那黯淡的毛毡似乎在泥坑
和血水里浸染过。而弗里达·卡洛
开始啜泣，她徒有多情的裙撑
却不能像雄性一样开屏。

当胡狼嗥叫，兀鹫在天花板上盘旋
海明威掐灭雪茄
用脚趾扣下了双筒猎枪的扳机。
这不朽的群像比列维–斯特劳斯描绘的
落日更壮阔。这不是
浓烈的艺术，而是热得癫狂的人生。
哦，你们的龙舌兰酒太烈了
喝下去这颗心就着了火
就是那团火，古巴少女在汗津津的腿上
搓制雪茄的那团火
高乔人煮沸马黛茶的那团火
使恶棍们的刀子卷刃
使白铁皮屋顶变成一张受虐的吊床
而我将如何去描绘生活？
当我第一次读到《百年孤独》
隔着蚊帐，舍友正绘声绘色讲述
去乡下偷狗的故事。
酷热的天台上，女孩们的呻吟
和迪斯科舞曲轮番轰鸣。
而楼道里，联防队的手电晃荡着
像捕食的雨蛙伸长了舌头。
哦，毛茸茸的
肉欲的热，汗湿的鸽笼。
文学，要么是一座暴动的监狱
要么什么都不是——

我和伙伴们兴奋地聊着
并排走过阒无人迹的大街。
群星在悬垂的天幕上
白磷似的闪耀。空气热烘烘的
搅拌着垃圾腐烂的恶臭
和栀子花的浓香。
我还记得，爱的炽烈火焰
如何点燃灯柱，使夏天的广场沸腾。
但此刻，只有稀疏的
雨，在革命和死藤水之间
穿过病恹恹的日常。只有孤独
在窗下无声地咆哮
胆怯，似乎依然渴望着什么。
那时我爱得多么热烈。
热烈即忧伤。

快餐店的静物画

清澈的光
落在快餐店的水磨石地上。
窗前，一个女孩支着肘
对着手机描口红
嘴唇微撅，潮湿，鲜润
一幅旧铁窗框起的静物画。
我出神地看着她
慵倦的长发，脸颊旁
一小块活泼的暗影
光线为她柔和的轮廓晕染了
一圈淡淡的光晕
像少女初生的茸毛。

静谧，安详，送外卖的
摩托车在街角“突突”响。
突然，我有种模糊的渴望
难以名状又异常强烈
这混合了四月的
飞絮和清石灰水的光线
这嘈杂如缝纫机的快餐店
似乎不停拆洗
又缝缀着什么，当她
托着腮，坐在窗玻璃的反光里
只是一个平常的本地女孩
可爱，脸色苍白
想着冰激凌和傍晚的约会
斜睨的眼睛闪烁着
仿佛有一颗珍珠
在她粗糙的肘部静静闪烁。

coffee break

——纪念老汉斯

被套似的黑大衣。
蹑着脚，从对门穿过走廊
南京细雨中的贾科梅蒂
鬼祟，有一点孤僻。
初冬的一天，我被邀请去
他的房间——“Coffee break”
被尼古丁熏黄的墙壁
暖气片上烤着湿透的便鞋。
他把散乱的卡片放进铝制饭盒
抖开咖啡滤纸。
哦，亲爱的汉斯先生[1]
佝着背，虫子一样虚弱。

为什么我们不聊聊
尼德兰画家，或是阿姆斯特丹
引人遐想的橱窗女郎？
就像他猛吸的许昌牌香烟
那恼人的烟雾总是不自觉飘向
河南，而不是荷兰——
令人厌倦的“Coffee break”
总是他。请坐，请。
捂着胃，一把小勺在罐头里
掏个不停，似乎测试孤独的深浅。
窗下，人群淌着热汗
涌向沸腾的广场
而他猫在蒸笼一样的房间
没完没了地誊写着
笨拙如新录用的法庭书记员。
随后，头发蓬乱的
艺术家来了，比化着浓妆
成天在宿舍楼前游荡的女孩们
更窘迫。我和他道别
带着年轻的势利
和一个野蛮人[2]受挫的自尊。
哦，亲爱的汉斯先生
瘦成一片纸，没人知道
你在忙些什么——你来得太早
死得也太早。二十多年后

我在一间灯光惨白的办公室
偶然读到他的生平
仿佛再次看见他浑身湿透
站在街边，错过了狂欢的晚宴。
哦，老汉斯，你晃荡的
黑大衣下藏着什么
一种在东方发现东方的狂热
还是野心，苦涩的名望？
你的5000个名字[3]。
饭盒里的卡片，歪斜的方块字。
阿姆斯特丹的运河太平静了
你跳进另一块大陆的
激流，如同垂死的病榻上
请求把啤酒灌进
输液管。假如那逝去的
古典的美不能慰藉我们的贫乏
何妨追寻一次毁灭？
“Coffee break”——
请告诉我，作为一个荷兰人
一个中国人，或仅仅
作为一个人，意味着什么？
也许，你比我更清楚这个国家
在发生什么：野蛮和勇气
还有悲伤，但首先是艺术狂喜的
痉挛——不在别处

正是初冬，一间清苦的宿舍。
而你期待的个性解放
并没有带来真正的解放。
这不是艺术的胜利，从来如此。
生活把一面旧旗帜
插上屋顶，像你付不起
洗衣费而散发怪味的黑大衣。

---

1. 汉斯先生，Hans van Dijk，中文名戴汉志，荷兰籍策展人、学者和艺术经纪人，1946年生于荷兰代芬特尔，1986年来南京学习汉语，不久转向中国当代艺术研究，并做出了诸多贡献。2002年病逝于北京。
2. 野蛮人：引自老汉斯为柏林《中国前卫艺术展》撰写的前言："那些抱有浪漫想象的西方艺术爱好者总在追求地道的'非西方'艺术，等于把非欧洲文明世界的族类仅仅视为高贵的野蛮人，否定他们同样需要个性解放和现代生活。"
3. 5000个名字：老汉斯生前未完成的项目，一部计划收录5000个中国当代艺术家的词典。

黧黑，干瘦，他的老
像一条等着装石子的水泥船
——他已被砸碎。
蹲在椅子上，慢腾腾地，舔了舔零沽的
黄酒。而邻居家的狗奔来
在桌腿上蹭痒
像往常一样，等着吃他呕出的秽物。

门外，今年的雪
在运河上闪烁，犹如去年的柳絮。
我看见一个半大的孩子沿着高高的河堤
朝太湖跑去，斜挎着草帽
灵活的赤脚搅起尘埃。
当一串细碎的光斑在湖上跳荡
他丢下钓竿，分开光滑如丝的水面

“那时——”他的瞳仁亮了一下
满是烂牙的嘴大张着。
随即，一阵急促的咳嗽，颧骨
漾起奇异的胭脂红
仿佛整个夏天凝滞的晚霞
而我皱着眉，似乎回到村前晒得发烫的
泥路。那里，一个矽肺病人
提着柳条帽，炫耀似的
展示一张胸透片，“喏，这里，还有这里。”

是的，我看见了，那时——
所有的事情都回来了。当我手抄裤兜
不情愿地爬上自行车后座
从城里下来，如同
一张来自生育世界的贺卡。而他
用清澈的河湾贿赂我，用灿若白银的夜晚。

他不再说话。垂着头
眼皮耷拉下来，似乎陷入酒后
漫长的昏倦。整整四十年
温驯地被圈养在狭长的乡村
揪着胸，大口喘气
直到他的知识青年之歌
变成一架“呼哧呼哧”的破风箱——
被命运吹奏，而不是相反。

他送我去车站，佝着背
沿着高而陡峭的防护堤走得飞快
仿佛积雪轻微的碎裂声
让人难堪。突然，他收住脚
呆滞地看向前方。一座废弃的采石场
孤零零的，停在山的腹部。

不经意的，我的手碰到了
他的，粗糙而硬，异样的新奇
如同再次被他从嘈杂的牲口棚拽走。
而那头分娩的母牛
半跪在干草堆里，艰难地
嚼着什么——“别回头！
否则你的心会变得像女人一样软。”
当我回头，他变小的背影
已经像漫山的石头
淹没在长途车尾的滚滚烟尘中。

被遗弃的大厅

是的，生活

我们以为的和它所是的。

但总有人既渴望它又蔑视它

只有缺席是完美的。

这是三月，松树的矛戟闪着微光

一只易怒的猫

从军营围墙的缺口向外瞪视。

小卖部的电视声里

鞑靼骑兵的马刀突然劈来。

是的，我爱过。

但没有一种爱可以长过

连绵的群山，但连绵多令人绝望。

只有清澈的痛苦
只有清澈可以和深度相匹配。
但总有突如其来的激情需要正名
总有人选择用恨
来爱着人世。但深度太苦涩了。
为什么我们不能
待在窸窣、微冷的表面?
表面是轻盈的，只要它足够轻
轻过蝴蝶煽动的翅膀。
而有人一旦带着狂跳的心跑过群山
就再也不能忍受闹钟
理性的刻度。
乌鸦在松枝上跳跃
对于减肥慢跑者，这太难了
把痛苦变成可痊愈的舒缓的滋养太难了
——跳跃！不停顿地跳跃
在这一秒和下一秒绽裂的深渊上
直到夜晚来临
分期付款的小公寓
和一件窸窣响的丝绸睡衣
变暗的光泽。当男人出门寻乐
主妇们敷上面膜，靠恐吓镜子泄愤。
不，我说的不是生活
它马戏团帐篷似的圆屋顶下
富商和侏儒在跳舞

夸饰又炫耀。总有人苦于内心
狂吠的影子，像阿拉斯加狗拉雪橇
拉着饿得眼睛发绿的
极地探险家。
不，生活不是奇遇
灵魂是。而假如没有肉体
我们要灵魂何用？我近乎贪婪地
渴望着爱，一种无关灵魂的
肉欲，因为灵魂
就是一个少女爱做梦的眼睛
也是她瘦弱的平胸和梦。
这是我的限定：雨中一把撑开的伞
它太小了，甚至容不下两个人。
是的，我总是犯错
傲慢又愚蠢。我的自我
是一副拳击手套，爱跟影子较劲
混合着消毒剂和锈味。
一个人想要跟生活达成和解
首先要跟自己和解。
他苦恼于无法
把生活转化为一首轻逸的诗。
而生活，有时候一句粗话就足够了。
是的，无处可诉。
只有蜇人的风在窗缝里嘶响
在所有阴郁的、寒气逼人的时刻

像瓦斯泄漏。
一个人因为不爱人类
于是把目光转向遥远的群山。
哦，白帽似的群山，喘不过气的群山。
是的，生活
在无尽的渴望中总是别人的。
太多人因冷漠，沾沾自喜的精明
而免于雪崩般的重击
太多人拒不进入静寂的烈焰
太多人像水母漂浮
在街道里，美丽，有毒。
黑暗中，一个吻从灼伤的唇边滑过。
一只沾了口红的杯子
在露天咖啡座等着续满。
而穿轮滑鞋的少女轻盈地滑过。
为什么我们不能
脱个精光，在污浊的酸雨中傻乐？
为什么我们不能像乌鸦
漆黑，不祥，旁若无人地跳跃？
人，太渺小了
承受着看似微不足道的
无常的涡流——毋需怜悯
也没有拯救。政治？见鬼去吧！
历史更靠不住。
它崩塌的泥石流就像

一部默片，裹挟了无数细小的呼喊
而弱者因为轻率和被煽动的血
悄无声息死去。
哦，何等的剧痛！
在剧院里，因为没带手帕
人们拒绝流泪。是的，生活
从来不是恢宏的长卷
无论拒绝或逢迎
失望或抵抗，我们只需要一点点
率性，像酩酊的大厨呜咽着
扑向一盘炸鸡
当小街巷里，四月的雨
展开一场小小的、致命的伏击。
是的，一个人即使两手空空
仍可以拥抱空无；这样
他的心会形成一个回声的洞穴
一阵渴望的风将从那里出发
去翻越连绵的群山。
但总有一只嗤响的蒸汽熨斗
想把世界熨成平面的暗淡的遗照。
现在我累了，这就回家去。
我只是一个假释犯
在长条桌边等着开饭的哨音。
是的，是的，生活——
去你的。

黑水河

穿过破败的后街，黑水河边
用刷白的旧木板分隔的水泥房子。
至少今晚，他不用翻箱倒柜
找酒喝，以便睡个囫囵觉
或是对着下面街道里的排挡发愣。

他简单冲了凉，去沙发上
躺下。一台壁挂式电扇摇着头
搅起带汗味的风。
随后，那女人推开门进来
端着塑料盆，年轻，甚至有点羞涩。

当她低着头，去解胸罩搭扣
他有些生硬地欠起身。
不，他不想就这么开始
他不确定。他们是否可以聊点什么
也许，先来一个拥抱？她笑了。

她的手粗糙而硬，摩挲
他的脖子，把他引向淌汗的乳房。
几乎不像假的，当完事以后
他们并排躺着抽烟
几乎可以感觉到一点点爱，几乎。

他被突然摇醒，去浴池
一遍遍洗着。现在扯平了
所有背叛，伤害，奄奄一息的家
温热、浑浊的洗澡水
仿佛黑水河，窒息般拥抱着他。

一排浪

我离开蚊蚋乱飞的草丛
赤着脚走到海滩。天热极了
稀疏的星在远处
闪着微光。两个赶海的人
提着风灯和背篓
在漆黑的礁石间晃荡。
午餐时，你从那里捡来几个螺壳
灰白色的，小得可怜的残骸
搁在吃剩的餐盘里。
我抽着烟，看见岬角上的
餐厅熄灭了廊灯。大海在涨潮
一堵无边的黑墙
突然咆哮着加速奔来
崩裂成飞沫。海滩像煮沸的
奶锅嗞嗞响个不停
这微弱的令人厌倦的回声
时刻折磨你的耳蜗。

当你披上浴衣在旅馆里乱走
对着湿漉漉的镜子打电话
大海蒸腾着，玻璃般
易碎。我想起傍晚散步回来时
遇见的那只壁虎
在门楣上，惊惶地瞪视——
它很快就逃走了
带着一个女人打算离开时的
那种眼神。没有哪种爱
能免于苦涩或厌倦
我们只是错误地飞了一千公里
直到被炎热耗尽了耐心。
我拎着鞋走回房间
你已沉沉睡去，如同风暴中
关闭的贻贝。我摸黑
躺下，松软的床
随你的呼吸微微震颤着
带着潮气和退潮时的腐蚀味
就像令人晕眩的一排浪。
清晰如一排浪，缓慢又绝对。

夜车

月台在寒噤中飘走
稀疏的房舍退向平原上灰褐的雾。
不安又疲惫
我心不在焉地读策兰——
死亡赋格曲：冬夜，一扇铅铸的
门。有些痛苦是无法转化的
像弯曲的锈铁钉之于
最后的锤击
他的绝望拒绝我的。
我看着窗外。黑暗里匿名的怪物
抖颤着，浮现又溃散。
火光勾勒出一座矿山的轮廓
废弃的矿洞张着嘴
呼号，呼号。
一颗孤星从天幕缓缓滑坠
很快转换成售楼处的灯箱广告。
一代人小而苦涩的梦
翻腾着，像策兰
纵身跳下的塞纳河
却早已贬值了。车厢另一头

一个梦魇的孩子哭喊着
歇斯底里，而捧着纸箱的新旅客
气喘吁吁挤了进来。
火车震颤着，重新启动——
已经太迟了！在烂醉的婚礼
和服丧的黑大衣之间
在欢乐如屋顶的薄雪消散之前
我像个疯子在城中
寻觅友谊和女人的那些日子
以及从皱纹、诗歌
和心的抽搐中学到的一切
都不足以揭开命运的
玄奥——如果那时我被告知
未来就是此刻，我会说
不，决不。天光微亮
城市在雾霭中逼近
一个巨大、盲信的立方体
如同古代墓穴的棺椁。

阴郁的瞥视：视线突然收窄
火车驶过铁路桥
穿行在两堵薄薄的砖墙间
带着一部百科全书那么厚的怀疑。

008

SANG KE

桑克，

一九六七年出生于黑龙江密山，

现居哈尔滨。

翠老

活里活

本来人生已经毁了，
除了喝酒打架没有任何事情
值得认真，比如侄女同学妈妈的笑脸，
比如红酒吧偶遇的性情中人。
在葬礼程序中，预定牧师和冰柜
或者其他项目，自己的苦
被自己遮蔽或隐藏，如同约伯，
或者在约伯面前，我们的苦其实都是甜的。
精致妥协，对于僵尸并不适用，
他的声音仿佛不是从他的身体之中传出来的，
而是从别处飘来的，理解，释然，
仿佛没事儿人一样，反而引起更多不安。
女儿们在火焰中质问，而他
在烟中或者寒冷的海边恍惚。
阴暗的云堆在天上仿佛摇摇欲坠的秤砣，
仿佛与前妻对话显示的心碎——
没有过不下去的，活着，活着，
反复叮嘱自己，如同星辰告诉星辰，
如同尘土告诉尘土。

沉默

没有人知道一艘鹦鹉螺潜艇不能说话的痛苦。
它的嘴巴紧紧闭着，看不见的金属拉链控制上下嘴唇的边缘，
在短胡茬的边境哨所里，看不见的卫兵轮流擦洗枪栓的油痕和灰尘。
拉链环扣之间的缝隙是显微镜率先发现的，并且测试出
正在渗透突围的某滴深色液体并不是酱油和橘子汁的替代品。
里面挣扎之惨烈是任何一部德国东部电影没有拍摄过的。
鼓凸而哆嗦的深紫肌肉正在显示什么？而嘴角向侧面翘起的深纹
为什么徒然具有微笑的形式但却站在微笑本质的对面？
每天都在下的又黏又厚的雪，仿佛一群疯疯癫癫的形容词，
又仿佛一个吃饱了撑的闲人，试图修改铲雪车下的定义，
关于玩笑之中的眼泪，关于它是硫酸还是火药制造的歌颂或者呻吟。
没有人知道不能说话的气氛究竟是怎么形成的，
那些貌似说话的禽鸟尖叫声，那些貌似真实历史的嘘嘘风声，
起源于拟音机器的矽肺还是电扇合作社的黑暗玻璃心？

狼叫

狼叫的音色听起来
近于略闷之箫，且窄如
偷工减料的桥梁工地，
只把曼妙胸部露出来，
以便掩护碎破璃的
脆弱或者别有用心，
而音调长过巅峰期的
帕瓦罗蒂，中间不换气，
变调婉转如高速公路
漂亮的转弯或者其他
顺利的俄国式变革。
讽刺诗都是赞美歌，
狗描述不是猫描述，
凄厉发生在变调期之中，
哆嗦而且惊恐地睁大
全部的孔穴，但是
猫仍将恐惧感归于月色，
而非白色小牙齿对耳环
某种神秘的小敬意。
吓唬人的或者能叫你
出血的，没有耐心周旋，
告诉你草稿丢失的
部分，告诉你报告厅
从不惧于各种风格的
临时主人，穿毛衣，
戴牙箍，或者戴着
金刚鹦鹉的面具。

声声慢

与沉默联盟
并不需要缔结，几乎是天然的。
几乎是意味着并不是。

绝对安静是可怕的
耳鼓的嗡嗡声，甚至强于
摩擦玻璃的吱吱声。

越来越敏感的
海豚正在模仿某棵杨树
沉甸甸的浓荫。

积雪咯吱咯吱
磨损光秃秃的牙齿。
围栏不寒而栗。

拉动枪栓的人，
拉拽手雷金属环的人，
比较着哲学。

怎么阻止天亮？
忙碌的何止是窗帘，甚至还有
栅栏眼科医生。

嘶嘶滑行的蜥蜴，
都是由龙扮演的，集体微笑着，
那么动听。

面壁

她在看什么？
没什么可看。一个声音
在心里响，而不是
耳边。

多奇怪，
猫在看门，而狗
却在看电视机的
喜剧表演。

是镜子，
反映想象的
历史的电影，
或者照片。

斯大林公园
春光乍泄，通过
正在融化的硬冰，
略淡的阴云。

并不准确的
描述，扩散聚焦点，
模糊，头晕。
站稳就没境界。

全体平衡，
必然刻意。她为清晨的
觉醒而满足，
为瞬时空洞。

异于他人，
而且仅仅是稍稍不同。
她在忍耐什么？
余光不虚。

喜剧演员

大声尖叫，
满脸油彩，
台词全都自相矛盾
而且庄严。
我吻着温柔的冲锋枪，
布景则像扑克牌，
简洁而不简单，
飞翔于各个行省
璀璨的云天。
每一个不真实的句子，
全都涂着蜂蜜，
每一个含糊其辞的人，
全都拿刀逼着
另一个含糊其辞的人，
而他自己也被同样
逼着，形成奇特的
闪着光的钢环，
折磨耳朵和云朵，
并把肺和旷野
关进计算机中。

矩阵的起义是内在的，
而外在只会冒烟，
只会抱怨。
不正常是正常的，
字典的释义全都相反，
而且时常反复，
仿佛一个真诚的小人，
面目憨厚，初中文凭，
比一个清秀的人，
更值得无赖信赖，
而且官职越高，
知识越是渊博，
完全适于情报系统
鼓动的风帆。

冬天的进度

取悦自己
比取悦棕熊更难。
谁的要求更高?
冰妖还是雪怪?

关于自由的概念,
不同的人写不同的书,
而感情必须全部寄于
泪腺。

复杂的战役,
一早就已开始,
麻雀的冲锋号,
更像抱怨。

冰妖率先撤退,
让旁观之杨树震惊,
而雪怪挺身而出,
怎么那么滑稽。

头发全都乱了，
拌着往年的枯枝，
烧焦的衣饰边缘，
看上去非常性感。

一张脸闪过
半敞半闭的公园。
以苏联人命名，
原籍格鲁吉亚群山。

阴影在夏天的意义
当然是正面的，
而运送残雪的卡车，
究竟是在帮谁？

雪怪撑不了多久，
然后是风油精的时代。
白昼之后不是黑夜，
而是黄昏。

公鸡下蛋

公鸡下蛋，而母鸡
拯救外太空濒临倒闭的
银行。门外的汽车
都是透明的，但却
看不见任何一个乘客的
尾巴。石头漂在水上，
仿佛越来越远的未来，
仿佛未来越来越酸的
记忆。火焰越来越冷，
愤怒地穿起越来越厚的
衬衣，而棉袄之单薄，
只能供给在天空中
飞行的瘦猪。那些劳动者们，
戴着近视眼镜，犹如
有足有臂的蛇，在地上匍匐，
笨拙地绕过每一块坚硬的
豆腐，每一块温柔的暗夜。

而灰狼们穿着制服，
在朴素的皇宫中为你服务。
前进帽的摁扣绽裂，
如青蛙家族之图腾。
诗人没有嘴巴，咕咕噜噜的
肚腹拥抱蜜之沉默。
阴云贴着脸颊，好像
趴到脚边汪汪的弄臣。
杨树全都升到半空，摇着
带有泥土的须根。
松鼠操阿拉伯语，麻雀的
英文只能勉强翻译杨雄。
旗子铺在地上，恭迎一群群
明星般的绵羊，山羊，
安哥拉羊，小尾寒羊。
一只胖猴子举着低音喇叭，
宣告城邦铁饼即将
和菠菜新娘比赛扯谎。
建筑上粗下细，每扇
三角形玻璃反映五角形阳光。
电车名副其实，呲呲地

冒着火花，乘车的花叶
全都兴奋地战栗，牡丹
兴奋地烫卷花瓣，
犹如把铁钉掰弯。
匕首怀孕，即将生出一挺
双眼皮的机关枪，她叼着
正在冒烟的笔管，制造
前世也有后世也有的
渺小计划：将耿直鹦鹉
全都轰出无水池塘，
换上擅长游泳，善解枪意的，
而且乖巧的棕熊姑娘。
请一群鸽子独唱，
请一只魔掌变魔术，
将一本新出版的禁书变成
一股清晰的烟雾，
里面清晰地映出虚无
有模有样，翘着蒜鼻头的
白白嫩嫩的脸庞。

安静的时辰

这个日子还挺好的，
挺安静的，没有什么噪音。
其实我也没什么诀窍，
只不过是关闭了电视机，
关闭了世俗的耳朵。
我拥抱着抱枕，有时也拥抱毛巾被，
他们都是软的，而硬的刀子我一直远离着。
我并不怕你们，从来都没有怕过，
我只是不喜欢你们，不喜欢你们对我吆喝，
对我下着各种各样的命令，
仿佛我是猪。就算我是猪，是狗，
你们也可以态度好一点儿。
但我并不指望，我只是觉得黄昏就要来了，
夜晚就要来了，我得让自己尽快睡着，
数羊不行，那么就数老虎，
或者吃点儿药。天使之药，
没人敢歌颂他们，但是她们值得
感谢，在梦里值得
一个结结实实的熊抱。

麻雀的性格

和乌鸦不同，
麻雀与死神没那么深的
交情，况且据印象派学者
评述，它的性格
相当含糊，喜欢群居，
不管发生什么新闻都会
及时做出叽叽喳喳的
反应。偶见其中一个
独立出来，不像掉队，
不像被驱逐出境，
而是更近于一种单独行动。

看起来它并不孤独，
没有异样的忧愁表情，
没有保持同样的
颓废卧姿，更像一个
吃独食的人，背着同行，
背着欢天喜地的流水席，
不断啄食草籽，
或者失恋者下巴洞中
逃跑的面包屑，或者
一本常看常新的书。
为什么学名叫树麻雀?

为什么一种中国牌戏
以它命名？老家贼
又是什么意思？
喜鹊相信乌鸦的困惑
比自己更多，甚至
比自己更加深刻。
怀疑者总是比笃信者
深刻，这是历史教训
还是社会法则？麻雀
虽然无知于此，但它懂得
振动栗褐斑纹的翅膀，
从高树落向灌木，
从平房落向别墅。
而且并不清楚自己
是谄媚还是探亲旅行，
而亚种性格又有什么变化？
它以庞杂的呼喊为自己
向苦闷的苍天求助。
而机警或者警惕性，
让它的后背也长着复眼，

让它隐蔽于黑斑之中的
小耳朵也能听见
世俗的超声波。
杨树啊，你不要据此
就以之为吃瓜群众。
它从不吃瓜，因为
嘴巴或者尖喙太小，
它的理想目标大多数就是
让人类恶心的毛毛虫，
而且飞行距离短促，
类似支线国产飞机，
在辽阔的边疆，
孤僻而又得意。

009

SHI MAOSHENG

施茂盛，

一九六八年生，上海市人，

现居崇明岛。

误读

我所描绘的灵魂是不可预见的。
它受自身召唤，在迷途
置一日的花茎于委婉的净瓶。
傍晚，竖立的湖水因不测而形成。

西岸的山上，急雨
如旧物被歌颂。
有人狂奔向我迎面而来；
身上，栅栏敞开着。

我对这个顺从的世界，仍抱有足够敬意，
它在我的哀伤里掺杂了诀别的晚霞。
不知为何，他会抬起屈辱的头颅，
像不同时代的自己，被同一命运选中。

此刻，我们在误读中虚度。
而新的主题已运载着星辰破雾而出。
在虚妄的悲情里，
一个人的传奇就此开始了。

午后

午后。隔壁有人锯木，轻咳；
一小时的脑垂体分裂成玫瑰和蜘蛛。
咖啡杯的银匙在搅动。
匍匐的光影脱下暧昧的裸体。

嗜睡者关心轻度的落暮。
湖面：旧日的碧波与鹅语——
那随手翻开的诗集，
有一堆时间蚀骨的锦灰。

然后，好多人从四面八方涌向我。
我需要他们坐下来，脸上袒露同一神色
我欣喜他们抵消我每天的倦意。
只要稍微松动一下，世界便不一样。

比如，玫瑰和蜘蛛会多一点点——
此刻的阳台上，餐具已摊开。
他空造的凉亭基本筑成，
而我在无限折磨的未知里再次垮掉。

况味

黄昏溶解在一粒黄色药丸里
而我咀嚼一颗盐，
况味让舌头专注于每一顿垮掉的晚餐
以及晚餐中无用的落日

窗外，有我听来的鸟雀的噤声
但我看不清树冠浮动的每一张热气腾腾的脸
它们，多么荒谬
它们的抵制多么荒谬

一位小吏突然现身薄雾中
他想起死去的父亲曾给予的忠告
在时局无所寄怀的年代
唯有患疾，才不至于绝望

月轮从一块警示板上堵住我
公园里弥散着狐疑的气味
一群没有地址的孤魂涌来充斥着我的房间
嘲笑我仿佛嘲笑一只成癖的笼子

时至深夜，隔壁锯木声仍不断
它将我耗尽，像一只杯子被虚空所磨损
那么，在我坐立不安的时候
我是否也可从逼迫的墙上掘出些什么

郊游

风磨损河岸
凌乱的人群被小区的凉亭梳理整齐
割草机歇斯底里
无以应答的起居时分

斜坡有别离的小径，青丘多空窠
此语出自未至的问候
对于这位爱上落日的邮差
彼时的良愿又如何在此刻的描绘中忽现

郊外，遍地黄花成瘾
柳色击垮半道上的游僧
一根树枝伸展如邻省的天线
用于接受低频的不测之音

旧报纸里筑的塔
笼子外不断加固的笼子
那么多偶然的晚霞
虚无甚于当年的疏忽

屠宰场又成为新的开始
教堂只准备了结束的盆景
一只孤灯不经意间被众目瞩望
不合时宜地延至天明

白鹭

从晚霞中剥开一对沸腾的肺腑
白鹭就此脱下它的黑夜
群山夺目的翠色
此时也强忍住隐喻的交错

斜向一旁的坡道别有一番深意
新枝在湖面，星辰埋草间
可以想象，它缓慢的翅膀正握住灵感
像脆弱的少女来到墨绿的纸上

林中，月光溃散如绑带
春风凌乱唯剩草图
而那些熟睡的，也非假象
一颗松果传递着准确的发音

在云端漫步，白鹭成了自己的补丁
十万八千里的河山支持着它
背负骨瓮隐匿于一架青冈的钢琴
它清贫的羽毛，如薄雪枯死悬崖上

未来它仍有神力起落
来自耳中的寂静露出边界
一只残缺的灯笼指引它
从浮夸的人间带走音信

但是抱歉，我所见的或是另一只
如指间轻滑的琴声退回流水
在语言中，我是一个苦修的人
因为它的友谊，我们终得以相认

幼蝶

树枝尽头有一只你看不见的羽化幼蝶
雨水在劝导它
但它数着自己的牙齿
把刚褪下的蛹袋一口吞下

新的雨水总是这样断定
眼前的景致未曾将两岸拆毁
青丝捆住湖水而湖水立在它的断裂中
像出狱的青年回到和解的身体

而黑夜饲养的狮子，因饥饿而昏眩
它的破绽让我们得以看清一颗虚弱的心
将随时为这美妙的世界带来废墟
在雨水中，我们的荒芜总是不够用

我睁开亡者的每一双眼睛
被雨水浇注而雨水不断地吐出它的壳
在它们露出幼蝶蜕变的侧影时
你的源头，却遥如一个老式话题

蜘蛛

向当年的这只蜘蛛致敬
在监狱的檐下用蛛网兜住翻卷的黄叶
少年从窗口看着它
它静止的时候，是多么饱满

季节似乎因为错觉而颠倒
老狱友又在木板上写信
开头总是重复着同样的称呼
可惜他不明白，绝望才是值得的艺术

会遇上一两个有怜悯心的黄昏
它将飞虫的干尸搬到墙角边
秋风已本能地追了上来
满屋子腐烂的气味没有半点松动

现在，唯有时间优雅如永恒的悲伤
在月光中他们从窗口看着它
仿佛记忆又回到了他们身上而
每一根深受消磨的骨头也随之服软

或许我从少年那里秉承了良愿
在同一个薄霜显迹的夜晚
我长出蜘蛛退化的八脚
把蛛网上一根根锈住的松针拔掉

卡住

一条鱼卡在了湖水中
好像湖水也有喉咙
好像湖水也有剔鳞的勇气

电线从水塔旁横贯而出
一块铁卡在电线中
它吸满“滋滋”的电流隐忍着

散步者卡在空气中
欲望改写着他，任黄色药丸在
舌尖毁掉煮熟的世界

而晚霞卡在凛冽的孤绝中
像一篇耗尽身体之蜜的诗文
挽住了一个人的中年

而人群卡在路上
命运噙住泪水
吹着乌托邦的灰

我们，卡在各自的蛋黄里
白头涌动如群峰
草尖有多少鹤影在恍惚呵

晨练

那个在湖边不停奔跑的人，
他已挣脱我回到了他自己身上。
此时湖水忍受着。
被取走的漩涡忍受着。
一颗星辰喷薄而出。

随着鸟鸣搅动晨昏的一颗蛋黄，
他的身上似乎沾满了思虑。
这思虑无休无止地过滤着他，
迎风一击中他像只筛子，
为瞬间的醒悟消磨得千疮百孔。

防波堤上我彻底沦为旁观者。
他一次次从我身上经过又回到他自己身上。
仿佛词语虚构了一个场景，
在循环复始的切换中，
为我送来仅此一见的良辰半刻。

而对应他无所歇止的奔跑，
那语言的太极和瑜伽也在创制。
多么像一个未显的奇迹，
随手即可从这晨风里抓出一个个形体，
置于密林的对岸永不说出。

我见他终于被自己所替代，
弥漫在裂帛的空气里。
湖面重又恢复它司空见惯的雾涌。
似乎在表达某种未可的深意；
似乎又在退出，从他的每一次奔跑中。

芭蕉

在疲倦还未来到之前
一棵芭蕉需要静养一段时间
所以它看不见我的虚弱
而描摹它的笔也是虚弱的

偶尔我会明白，不是我
违逆了它奔赴一场盛宴的本意
我希望我的这首诗
不应成为它停顿的理由

一只黄鹂在它顶部跳跃
我莫名感到我在被它的鸣叫虚构
像一只面临绝境的坛子
周身布满醒悟的裂痕

令它进入我的是一颗露珠
从它宽阔的叶背弹起
沿着一根弧线含住自己
最后在我的思虑中得以保全

我似乎已经触摸到了什么
一棵芭蕉让我存在了许久
它将我如静电般呼之欲出
仿佛美好的事情即将发生

010

A XIANG

阿翔，

生于一九七零年，安徽当涂人。

现居深圳。

翔

彼此即景计划

我经历过无风的天空，
它的气息比此地趋向曲线柔和；
似乎要将援引于临海的边界，
类似的，远景不负责我们
缺席的现场。如果涉及清晨，
我能感到即便插上翅膀
也不能低于孤独，但只限于
我们在自身的空旷中
做出的选择。而一旦倾心，
便让人联想到局部是怎样无限
扩张到一场恒久的爱情。

这的确与风景无关，仅仅是
我们的即景。换句话，
你是他的即景，他是你的另一处
即景，联结一体恰似生活的
环形呼吸，此刻我拥有的见证
足以历史了现实的未来。也许
我该庆幸真实的灵魂从未
让你们漏网，仿佛天赋就是诗歌
和油画在彼此即景中找到
微妙的平衡感。其实，最好的清晨
比上帝的慷慨近乎最好的世界。

低于雾霾计划

——赠凌越

也许你面对的，理想国不一定
是具有我们的理想。雾霾的尽头，
不一定是呼吸的绵延。风景给我们
上了生动的一课，怎么说也得看
陷阱的弥漫还能有多久，就像是
一个妄议，蔚蓝打着我们的边界之名，
才是不肯露出漏洞呢。最终的

暮色，媲美于这天气反复的堵塞，
仿佛可以服从大自然的战阵。
低于此刻，或许并不完全出于
我们习惯中的后遗症，就连原有的
观念去掉修辞，也是在所难免；
譬如说，你可能没听错，理想国必然
有你的影子，比其中的幸运

还酣畅，好像参照过本地的奥秘。
需要新的耐心去见证一下，
这关乎到我们的蔚蓝史。低于雾霾，
意味着铁证如山，在你旁边的酩酊中，
纠正了对生活的态度。经历无数次
飞行，漏洞通过遥远逐赶着漏洞，
一首诗通过我们逐赶着一首诗。

清晨见证传奇

——悼翟文熙

在我有限的见证中，湟川三峡
还欠你的一个清晨，正如途中的瀑布
不过是还欠着阳光。但你以林中的
圆石偿还了群山，甚至在
时间的疗伤并不欠一个深渊，世界
如同你脑海中蔚蓝的光圈。似乎，
你在诗中多次提到“血管里的冰凉”，
它予于沉默中的预示，这也是
永不过时的天赋，为着是让另一世界
变得更具活力，从而无须忌讳
词语的黑暗。比起生活你只偏爱星辰，
才会触及神秘的虚无，没人知道
你的底线，一点不奇怪，很多事情
难免要过流逝这一关，就好像
沿途中的河流抓住了河流的漩涡，
你仅仅抓住了比死亡更积极的小宇宙，
绝不低于把波浪推得更远的深渊，
一如诗同样绝不低于新的矛盾。
此刻外面雨下得急促，漫过无尽的繁华，
即使我不借口见证，不借口废墟，
也经历了目睹永逝在山中降临，
包含我们身上黑暗的底价。

献辞计划

坐了一个下午。离流逝中的阳光
越来越近，干燥如你身体里的傲慢，
偏向我们这边隔代的假象，新年
启动最低的和最高的双重计划。

唯一的例外，献辞比落叶绕开了
杂沓的无趣，总结于雾霾少数的深渊，
你降低时间犹如拼图完成了一半，
映照栅栏的脸，比默契更接近我们的

秘密。就好像在此处，不朽即庸俗，
则涉及你如何利用人生的缝隙
倾向于更严酷的日子。落叶的衰败
丝毫不会改变我们对方言的遗忘。

这一切或许是整个下午的教育制度，
出于习性，低处的咖啡馆演奏民谣以示
刚刚开始的埋葬，这也许是你的预期：
用我们一样的衰老结束这一年。

花纹与灰尘停止交谈，解脱于波浪。
小小的舞台跟随着事实，过滤了心灵的
敏感，柔软更适于我们唯一的矛盾，
如同完美的下午完美了我们的少数。

1912年启示传奇

仿佛永远是这样，木樨不会
浮动熟悉的桂花，二月的太平北路，
不仅没有输给现实中的现场，
还醒目于1912年在我们之间传递
那陌生的街道幽深。刚刚下过的雪，
包含比守望还幸运的意思，好像
裹着一种人性的挽留，更接近于
1912年延续的可能。很显然，
它是我们置身的坐标，比如，坐在
茶客老栈里，对下午的光阴做出
必然的反应，以至于1912年的
完美，反而看上去更像时间的穿越。
假如是这样，这就意味着我穿越了我，
你穿越了你，仿佛我们从未误会过
它如此的永恒。又比如，在它的
一个瞬间中，遥远的方言夹杂怀旧
氛围如烟雾弥漫试探着我们。也只有
在安静的时候，我们才是它的时间。同样，
你也许会赞同一首诗，仍然可用于它的
记忆有效性。不论你如何接近它，
还是我如何远离它，在它所坚持的
面目下，一首诗的1912，隐秘得好像
它的遗迹掩盖了它的废墟。

烟花皆寂寞传奇

湖边的四周，它让我看见
梦一般的幽深，隐隐约约接住了嫣红。
而你只看见的却是时间的
一个紫绿瞬间，从一开始没有

辜负夜空的善意。沿着错觉的
本能，它稳稳绽放出小小的宇宙，
像是离你最近的秘密，照亮田园诗的
空远。此刻我比个人记忆更信赖

它的寂寞，哪怕世界还有另一面，
也不隐瞒它的堕落和原因，同时试探
你的反应，就像彗星的签名，
但不同于彗星向你推荐的对未来

眺望。有时，我将视觉的盛宴
比作比惊艳还神秘的美艳，就在
这一刻，更深入人性中的一个漩涡，
几乎完胜我们的弱点。其实，

夜空下的情形，不论如何假象，
始终纯粹于我们有可能比现实更虚幻的
生活。万古皆寂寞仿佛随着新鲜的
深度，沦为另一时间美妙的替身。

后裔传奇

科罗娜啤酒上的日期，接近于
傍晚时分，它无关你的神秘口味。
它唯一的区别是：冰镇和切成
唇形柠檬，绝不利用豪赌的颓废
遮蔽一个下午时光。表面上，
只需要旧的方式，替代漏洞百出的
另一面具，就能知道死亡绕开
未来的生活，像特级始终停留在
特级之处，漏光的树叶远离着
你的战栗，介于松懈症状
和室内之间——就好像我写诗只为
一种冒险，但不负责终身后裔的
夏日。不止我一个人对此保持
深深怀疑，一切都逃不过更容易
盲目的底细，要总结你的过去
其实远比纯洁的本意还惊心，
周末路线甚至将你的轻装飞行
降格成孤独的阅读。一点不奇怪，
多数时候从啤酒的漩涡入门，
并不妨碍后裔残留的荒凉
在你身上抵抗着那唯一的荣耀。

胡桃里另一种可能计划

——赠蒋浩

比现场还喧嚣。能让诗
停下来的东西几乎没有，这种事
需要一点偶然性，即使时间

被抽去分寸，孤独被抽去影像，
才有另一种可能：我们的现实
变得比碧蓝还清晰，完全绕开了

真假的双重生活。从一开始，
在诗的一部分中，游仙向事物敞开，
一点都不在乎你的修辞，

这让人有些不适，甚至事实
要小于真相的阴影，就像戏剧被抽去静物，
反而还要小于刚刚跻身于

午后的小历史。假设完美需要
澄清，或许不会有盖过我们的声音
的收官，这可不同于别的结局。

直到你辨认出诗的原型，
由此把世界加深到神秘的途径。
很可能，最大的陷阱来自你对环境

有特殊的敏感，比南方还隐喻，
对你而言，在仅次于心灵的地方
仿佛白云的深邃显得比上帝还神圣。

大雨传奇

尖锐的大雨，没有人准确把握
什么时候突然中断，从三月底到四月初，
大雨小雨一起噼噼啪啪打在窗子，一会儿
递增，一会儿又减轻，混合了最隐秘的
闪电，以及雷鸣。要是我视而不见，
生活会借助身体试探反应，怎么看好像
人人避而不及。从公众的深圳
到私人性质的深圳，最美妙的转换，
意味着几乎都是暧昧不清的晌午。
但是里面，大雨比诗改变了记忆的
方向性，表明我拥有猜不透的滑翔姿态。
空气中生出缅怀，不等于是陌生
的邀请。任何时候我不会用隐喻谈论
大雨内部的残暴症，仿佛一个未来
在贩卖乌云的宪法。所以啊——
太遥远的抒情付诸东流，其实遗漏了
表面的交流，我不打算更正。
恰当登上山顶，才会有机会追赶
诗的时间。实际上，没有人可以免于无辜，
如果淋浴在大雨中，可能是
无尊严可言，如困兽之诗，也可能是
寂静的绷紧的奔跑，这从来不是我的麻烦，
就像诗让我成为连绵不断的雨水。

多像一个发音的模糊。始终
瞄不准人生的缺口，但一落实到
你身上，必会比饥饿的感受
反倒更显生疏。毕竟扣动扳机
取决于诗对你的动机。有时，
作为刺客来头不小，他可能是来自
你身上的缺口，成为另一个你，
躲在背后苦练技艺，通过实施计划
才能接近于你的真实面目。一旦
扣动扳机，诗先于子弹滥用了先前的
生活。你惊异于诗被抽掉了
弧线时间，仿佛纠正月亮对原则的
偏见，以至于你追赶另一个
自己。显然，暴力美学不负责
外表的情形，黑暗中的发音
绕开了刺客信条的局限，偶尔发光
其实源于尸体的磷光，如同
未来的列传栩栩如生，直到你
梦游帝国的边界才有了永生的羞愧。
作为回报，他通过另一个你从不误解
你的致命一击，并且重于刺客
对诗和流亡那伟大的抗拒。

011

SUN LEI

孙磊，

生于一九七一年，

现居济南。

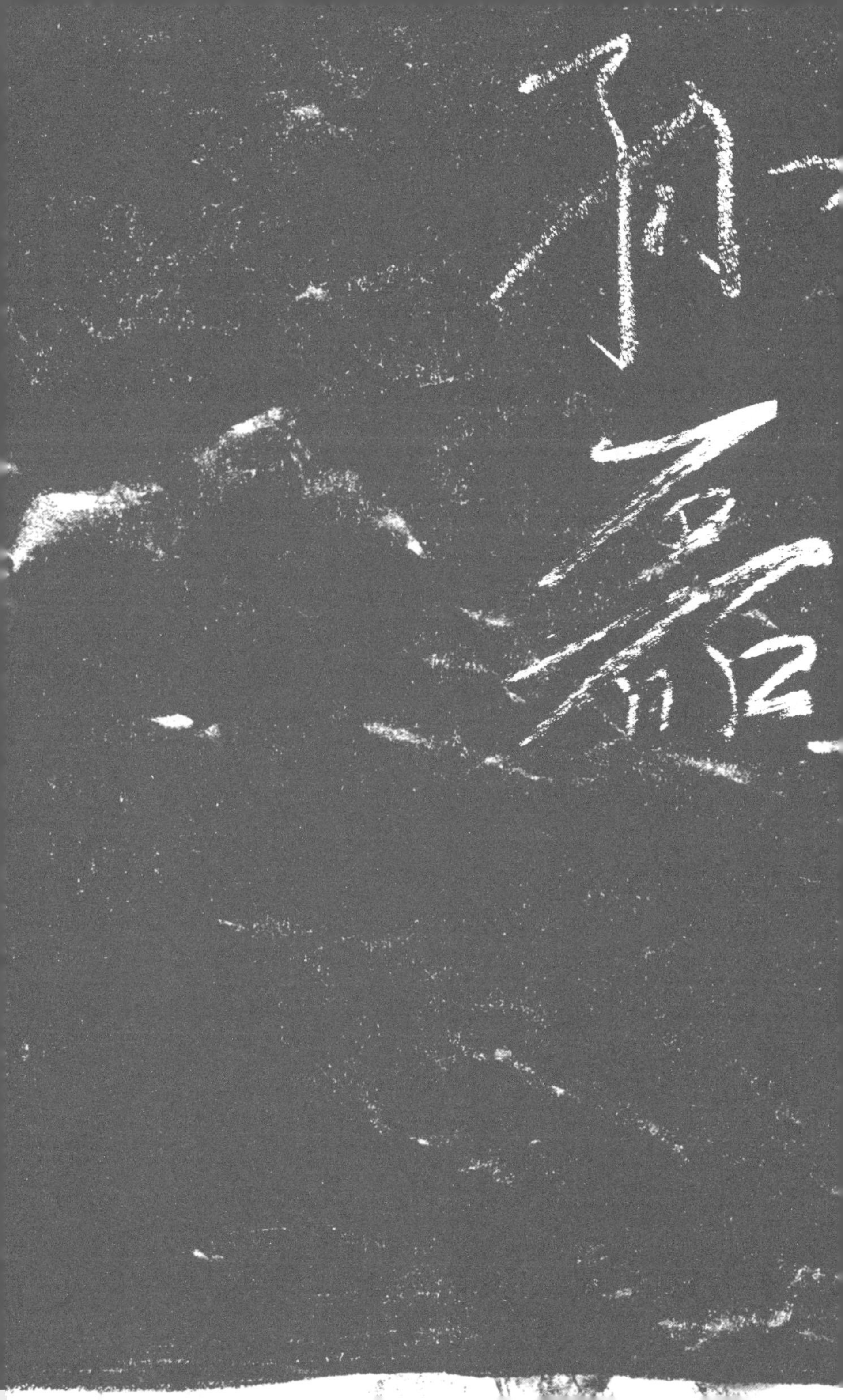
何

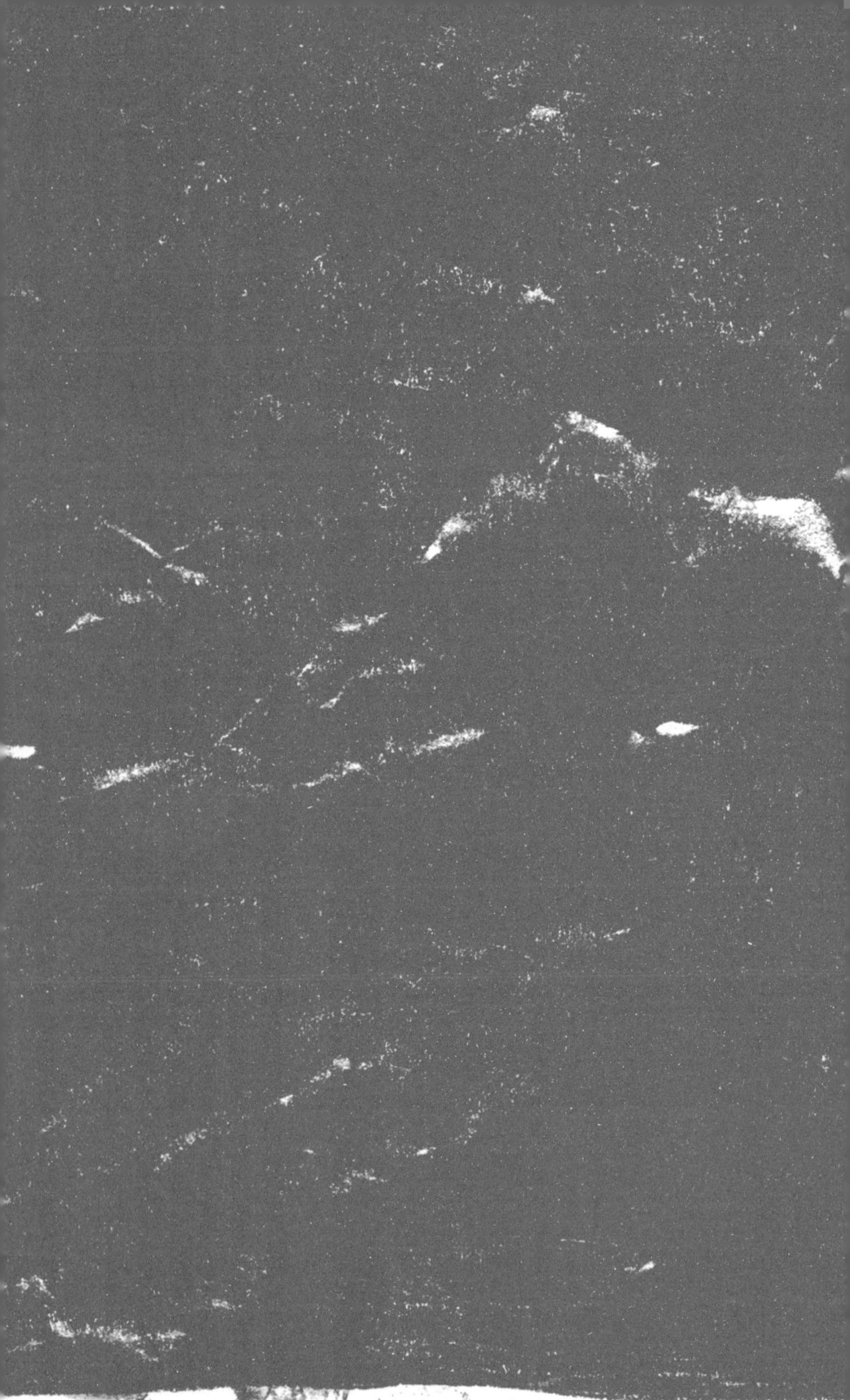

在那里

——给LX

在那里有个那里，
有个碎石交织的台子，
坐在上面，满眼波涛，
浑身密修的荆棘。

和弦不免尖锐，
倒不如一杯酒，
端着，傲慢。
饮下，痉挛。

酒音之外，
可以反驳的黄昏如此短暂，
可以母语的中年
在不纯中，臻于完美。

在那里，有必然的完美，
有散步的桥，
城市在桥下老去，
船却硬撑着桥下的湖水。

被湖面咬合的人生美景，
沿着堤岸，
残荷般，修正着
自我的神性。

秩序与证据

——给NG（牛耕）

直觉的形式提醒我，每一天
都不与傍晚相斥。路有时塌下来，
在不固定的轮胎里，螺丝是松弛的繁华。

我只能紧缩，将咖啡馆角落的火光
认作父亲，我知道
那些持续已经很凉了，
像一杯苦艾酒，在眼前的冰块中。

在仅有的几个词中，我仍相信那些直径，
相信相互的热、摩擦和推迟，
会产生新的致敬。

因此，我还需要特殊的震慑，
瘫在笔里，我需要一段均匀的呼吸，
而不是目光，需要人帮我将桌上的一切
清理干净，像我从没有到过这儿一样。

这里

——给C·D·莱特

这里。总有一个平装的事实，
一种丢失。在街上，乌云
被树枝紧紧黏住。升起的建筑，
因其过剩的消费，而缓缓趴下。
曾经昂首的水泥。昂扬的性器。
在十字街头，落地窗对面的一排纱帘中
成为蕨类杂草的剧场。
尊严，沿着弧形的山冈，伸出舌头
露出饥饿的舌苔。我不确定
那些充满味觉的自由，是否
仅是一个角落，它强调最后的泪水，
最后一口烟，狠狠地，
我尝到咖啡馆之外的空旷。
而反光的湖面，涌向我的桌子。

我坐在这里，周围都是
操纵性的真理。几个学生互为爱情的上午。
几个女人互为情敌的晚上。几个老人，
互相孤立地展开审视。
我从他们的眼中看到死亡，
就像在波光中看到钻石，
那蔑视一切的力量，
再次蔑视我。
玻璃渣式的崩溃，不止一次了，
我与你有共存的平面，
而你总在我的意志上隆起。
我不得不抵住胃，
想办法让天色突然黑下来。
让更多的书，松弛。在我的皮肤上，
你是混合的、呛鼻的辣味，
一种叠句式的繁复的黑暗，让我怀疑，
死亡，从另一个角度扎向我。
这里。我是一件多孔的衣服，
为你开放一切。
开放愤怒、诱惑、讥讽。
开放雄心、自在、淤泥。
开放一个事实：“你来我就接受你。
你走我就放你走。”

退入

——给JT（江汀）

在相互的察觉里，有一种
大提琴式的辩论。一种傍晚修辞的
沉湎，仿佛无数只蜻蜓，
以波浪的形式退往大海。

退入相互试图说服的
彼此身上的黑暗，
或者树荫，说出而不发抖。

退入相互“欠缺的一个转折”，[1]
并“靠一条破折号”，[2]
把一切，连接在一起。

一种深化，在彼此的镜面中
盛开，而是否有一种鲜花的高度，
哪怕凋零的高度，
为彼此升起。

退往绝对的生活，在书桌上
翻阅彼此，就等于相互生活，
就等于承认，彼此是平行的，孤僻的，
野蛮的……

1．江汀诗句。
2．茨维塔耶娃诗句。

在云端

哪有绝对的低处？
我徒步登山，儿子总在我的高处。

此时，雾有一种汹涌的包容性，
沿着山脊，我和儿子并肩
峨眉山反复入睡，
我就站在那儿，迎着突然强化的梵音。

站在儿子边上，血缘来得更舒展，
脚下，移动的山体寒气逼人，
黄昏发抖，我和儿子的热血
在一阵闪耀的远眺中浓了。

一瞬间，美景与我们擦肩而过，
我的身上，几棵树斜着眼，
在峭壁耸立的骤雨间，
儿子探身过来，一切微茫斜向他。

哪有绝对的高度？
仿佛儿子清楚，笑了笑，在云端。

七月之夜

侧身绕过王府池子[1]，七月
就成为池底的灰，水草升起来
游泳的人，满身
腐烂的气味。

再过去，我可以在台阶上发怵，
背后张家大院[2]的杯酒声，
使我感到，所有的现实都是
次要的。

试着，沦入某些生活，
身上的脓疮像山师东路[3]的街摊，
需要多久的孤立，才能对视
这样的夜晚。

七月，我几乎愿意隐身为一个哑巴，
在明湖北路[4],支一堆火，
烤我的轰鸣！
烤我的轰鸣！

---

1. 王府池子：济南地名。
2. 张家大院：济南地名。
3. 山师东路：济南街名。
4. 明湖北路：济南街名。

驰入黑暗的斜面，我是无力的，
反驳成敌意，任何敌意都有其暴烈的酒性。

我道歉，我的脆弱是再生的艰涩，
我的罪驰入核心：肉体的、蒙昧的、畸形的壳。

如果坐下来等一天不断的昏暗，
不如索性就醉了，像一个斗士一样那样亮起来。

谁不热爱一个激越的未来？而未来
一直颓废在我身体的夹角中，像失信的信徒。

我道歉，在一切空洞的眼中，我是另一种空：
它危险、锐利、盲目，带着惩戒的温度。

赤裸裸的活着，花园会紧张得突然缩回一个点，
而那个动力性的点，有太多的维度，太毒辣。

不能自禁。但是否有一种纵声的沉默让我沉浸？
让我在多次酣醉之间有一段出位的陶醉？

我道歉，接受立体的质询之后，（质询总来自我自己）
我仍需保持对奇异事物的忧虑。仍别着劲，

仍执着地成为一摊烂泥：
生活从不是我们完全顺从的一种仪式。

我道歉，一瞬间众人穿过我的岸，也有不悔的灿烂，
也看到重叠的浑浊，延绵的粗鄙，复调的缭乱……

一个人的多棱镜并非视像化的，它折射着多样的一天，
一天下来，疲倦于幻觉有着无可争辩的软弱。

弟兄们，就让我软弱一天吧，暮色已沿着防波提
旋至我的喉咙，那是应声醒来的今天。

力求稀释
一个充满雄心的下午，
我坐在这儿，看着你。
看着永远不能占有的冬天，
看到雪下起来，
一种寒冷
开始秘密地内在于
另一种寒冷。
你从我身上弹出，
没什么可掩藏的了，
你的弹出
已经洞察了一切。
连同所有落下的树叶。
树枝开始以裸露的傲慢歌唱。
树枝剔除了劳动、性
和不灭的权利，
剔除了一切历时性的燃烧，
树枝试图恢复我，
在你的书中，
我先于一个下午
成为时间，
成为一种可以证明的声音。
但雪已经下起来了，
寒冷不断为我的胸腔
填着棉花。

破裂的整体或浴室

别告别，在雕花的木质澡盆前，白炽灯的光
沿着你的右脸滑下来，像刚脱掉的衣服。
窗外乌云趴在山脊上，仿佛空难
是被等出来的。窗台上，仍是你的毛巾、香皂、牙刷……
橄榄味儿的死亡，从睡衣里伸着舌头，
你不需要依赖它，核心本就是空的。
梳妆镜下不是一地的水，而是
一地的火柴，你允许这样的悖论吗？
在接受触摸前，你允许一阵破碎的火焰
形成草原吗？也许是去年的幻觉
在冷热水的阀门间徘徊，让你确信
爱也是有阶级的。

但告别像绞肉机，熟练地绞碎生活。
而你的骶骨多么寂静，靠在浴室的门上，
别以为那是拯救的力量，你抽身时
支架上的书也会崩溃，像从岩石跃向瀑布的麋鹿。
是你的书，你温暖的文字，你的文字
不像你一样决绝，它们并不认识冬天。
它们永远醒着，小心翼翼地，不去
触及整体。淋浴早就废掉了，
你早已不需要一种暴雨的挥霍了，
你只写下，敲打键盘，从键盘中敲出黑暗，
绿色，呈苔藓状，有毒。

可见性

几乎无话可说了，
话语，以沉默的语气窥视我。

邻桌的孩子，有一张镜子的脸，
他将我变成他的篝火。

因我的地是凉的，我的地上
是不及物的破碎的纯粹的方格。

像建筑，一个面一个面地分离，
然后在失望中严格地统一。

我对他挤了挤眼。
一种充满象征秩序的力量，

从他的惊讶里迸散。
哈，我看见的价值判断呀，

成为他今天的成长。我也使劲
跟着成长。

但他却起身走了，
在离我仅一个词的近处，

他以我的名义，
回避了我。

012

YANG MUZI

杨沐子，

一九七三年生，合肥人，

现居深圳。

杨休之

画室：360°之外

有人在晒被子，她拍乱了上午
语言里要复生的东西
像水流那般流淌，经过
桥、田埂、邮局
一块沥青在闪亮
把街区弄得“扑啦啦”，非常“扑啦啦”
像披上流变观念的外衣在华人区

天空，蓝的丝绸仍裹着山脉
蜂嗡嗡着沸腾，我想躲藏
可手编不出窑洞来，对眼睛来说
太阳穴的跳动
会令呼吸窒息
而是什么使你的脖子变硬

树荫下，一群流浪汉
像死人一样横躺在草地上
阳光照耀着他们
阳光使他们空浮起来
我嗅到了酸味，还遇见干巴巴的屎
风一吹，青苔就倒向一边
而且一直如此，就像
瀑布落下来就会被生活抛弃

“相信上帝会引导我们”这声音
本该在教堂，在雅各的庭院
没有公交车站，也没有工厂
今天的南美，暮色
都消失在赌场和豪华酒店的后面

画室：180°之外

8月跳出来，港埠被绳子套在地图上
沙漠，神庙，大都汇的歌声
召唤了一种共振。就像刚刚
遇见一个熟人，问完好就说再见
再见即是不见，接着是
山后的野花都谢了，伏尔加河
丛林变得昏暗，附近又一新的科技馆
贴着“闲人免进”，等于说再见

发廊，花店，洗衣店
某只手，某双眼睛
一块名牌手表，在百米高空的广告上
一个笑容可掬的名模
几个抽烟的男子，然后是
拆迁后留守的民工
对着广场，和集市
各种各样的货摊
贫瘠的，讽刺的
而你无法明白这期间所有的发生
对自身作用了什么？

好吧，那么，请给我一杯伏特加
加柠檬，加盐，加冰
但没有人注意到我
“我”回荡着，像有利齿的武器
朝向往北的方向倾斜，扭曲着
一个感知，一个过往，设下屏障

画室：43°之外

我站着影子也站着，不可逆转
桌子上是一个空的饭盒
会有一种饥饿感么？谁说不是呢
黑都具体化了。特别是窗口

狗在硕大的空地上走动，像哨兵
保持着警觉性，啊，夏天
叶子爬进叶子里，唯有房子
是顽固的
这些建筑被称为罗马风
豆田在它教堂的附近
长满寂静
却又好像不是，譬喻
变成说不出来的文字
人的潜意识力和人的内心结构
为何总是不断延展像树木往高处长？

星星打着哈欠，星星已惯于
睁一只眼闭一只眼
还有日光灯把你硬塞给苍白
在办公楼
电脑台，纸篓，门
在空洞中摇曳，我的头大如磁极
生出强烈的电流，高压电线缆
忽而翘起，忽而沉下
捣蛋鬼，夜行人，再度把你带进
第二区大楼，第五大街
小镇的阴霾
正绕过花园，在“没完没了”中

画室：教室之外

天空像一张嘴，吞噬课间操场
必须有一个呼吸道，吸纳
梨花的香气，如此一来沿西
披萨店，海鲜馆，蛋糕房
沸沸扬扬，这镶着细碎颗粒的喧闹
是先于小径的传输
还是先于花圃下的影子？
正是从打情骂俏跳跃到一种人性
如卡耐基的人性，柏杨的人性
能转化成一种觉醒么？

黑蝶，从远处缓缓飞来
光依稀落入自行车棚
管理员照着镜子，她在
脸，脖子，甚至手腕
都擦上一层粉，在瞬间
一个渴望赤裸着降临
在我之上，就像
开满花朵的公园，交错的葡萄蔓
又像穿翼纱的蝉，它鸣叫
可它什么时候鸣叫的？
于是“听见”和“看见”
仿佛依附在动力机上
而电能就是你的神经官能，莫过于此
我坐在地上，在绿油油的草地上

麦克突然大喊一声，打盹的菲洛跳起来

画室：脚步声之外

云潜移默化了那看不清的
剑麻、棉花、茶叶、木材
泊在突堤码头，黑池塘
像一块巧克力
孩子们徒劳地舔着它
空气像传译者，传译住宅楼
走来一个面色苍白
着丧服的人。却没有参照物
紧跟你的想象力；基于这一点
我宁愿自我的我
是一个模拟的自我
一个自我的模仿物，但
蝴蝶兰晕染了红绿相间的墙壁

如果这是一幅画
至少，在两种色调中
阴霾向上，向下
剥落了晚霞，在它的核桃林
园艺工把路灯点亮，天哪
我还寻找什么？
你说得对，JJ
有些访客并不是为了什么
德尔斐神谕[1]而来
刚好，也是凑巧
一个两颊通红的人，他挥舞拳头
他已如大风过后还在起伏的海浪
咆哮着，在食品店的门口

1．德尔斐神谕：认识你自己。

画室：小号街之外

光把云赶入笔直的陡坡，露天舞台
一群“人妖”飘起来飘向街，在芭提雅
在3号，不是32号
在礼拜日，也可说星期七
一辆正忙于生计的运货车，隆隆声
让人很不愉快，这正是你担心的
C店的主人揪住女佣的头发
打她的脸，一群拍照的挤进来
可他们不会走进附近Espresso吧
点昂贵的酒水，据说
人是一种最小气的动物
但如果劝他不要靠眼睛去认识世界
都是徒劳的，或许靠他的双手摸索前进
在一只飞虫低低地飞过时
时间已压弯发出不协调音的菩提树

我想过，在那儿走出“生存”这词
不是把手伸到空气
不是安排一个幻觉上的田园
真要命，月光闯了进来
月光能管理你的生活么？又
怎能把你的生活搬到门外的草地上？
芭提雅是一朵尚未盛开的花，也许
在早晨，在黎明到来之前，或者
之后，每个时段都只是续篇
如果续下去，续下去
再轮回续下去，已抽象到无法解释

星期三跨越到星期六，这是终于
鸟落在名词上，国旗
保持着疑惑性，照这样看
“向难民提供无薪的工作岗位”
就只是新闻。我从地铁口出来
那些小贩分散坐在大街上
分割着一个开始和一个结束
所以要从哪里结束呢？结束即开始

利沃诺[1]在山和海之间，别墅
纠缠着绿，它周围是
一座亭，一匹马，一大片草坪
可能还会有湖和花坊
一个着粉红纱裙的夫人，她散步
扯出各种情绪
如皱眉、抠鼻子，打乱了
如第二步和第四步之间的和谐
这样一个规律怎么可以是诗？

如今，我已不读诗，诗
总是把一些跟我无关的扯进来
堆积在这个下午，一老一少
他们在打篮球，他们
把你的世界投进篮像扔掉一堆垃圾

1. 利沃诺：意大利西岸城市。

喝咖啡逐渐形成

两只鸫鸟落在午后。无一物可遮盖
钙、磷、钾、钠、氯；在我体内
是咖啡的苦；比起苦
穷人们有钱喝咖啡吗？
我是说扫地的门房，他何以如一只老鼠
畏首畏尾？
白莲，罂粟，玫瑰，呵
多彩的夏至，小虫又何以在那里嗡嗡？

首先，我的头开始嗡嗡，准确地说
是匙羹和盘子的摩擦声
厨娘的鞋子声，于是笑声，钟声一起而来
班加罗尔，浦那，勒克瑙[1]
像水和空气一样永恒
或丛林，山谷，或商业街北边

一个吉普赛的女郎，她指头上燃着火
猛烈的蓝，两面都不见落日，亦无人
在云层堆积的地方，不是人如此渺小
而是落日留下的余晖
无法改变在你心中不断地萌生的东西
经过小饭馆、台阶
一个断句，鲜明，也纷乱
堕入沉默，你却不能定义并使用它

1．班加罗尔，浦那，勒克瑙：印度城市。

犬吠的夜晚逐渐形成

哨兵在50米内走动，在以色列
他们不像勇猛的战士，可能是难民
鬼知道呢！反正
炮火穿越了围墙下的废墟
像旧石器时代的遗址
考古学家敏锐地拿出
铅笔、直尺和放大镜，在那里
土坯，陶器，尸骨架
被一段停滞不前的文化延续
可对于大自然这又算什么？
娜娜盯着窗外也盯着下一届总统选举
标语，喇叭，以及游行的车队
璀璨地加冕，以十倍的力量
也许，下一届将只留下脱落的头发
但，没有什么能屏除
抢了别人东西就跑的，唉
人就是这么个人，却又不是这样的天性
或者天性就是这么一个人
又或者一个人的天性作用了一个人
只因人都在同一个形态里求生

附近的狗在叫，整夜在我的成长中
把利爪伸出来。在倦怠里
一个倦怠的轮回与风景的轮回是相等的吗？
至于相等，会再次达成
另两只狗则一言不发，暗中咬牙切齿

学做酷司酷司[1] 逐渐形成

我需要一种形态，不像前方
一只擦过鼻涕的手
伸向小推车上的熟食
不像大桉树下，踩着牛粪的老牛
也不是结出褐色花苞的芍药
从非斯到阿加迪尔[2]，各种语言
交替变换，可人多么苟且而渺小
在喧闹中在靠近五月的地方

小猫咪会爬上墙跳上桌子
打翻花瓶，撕扯台布
如果你发怒，整个世界会不安宁
如果你假装没看见
是不是任由它肆意妄为？我父亲
他把水龙头架在车顶
把电钻伸进土里，石头激烈地震荡
仿佛一切都追溯到“的确如此”
我的头，我的头，脑细胞正在死亡

喂，不要唠叨啦，南吉
小心，真主会惩罚你
快去洗手，端盘子
在一个巷口深处
我们镶嵌蓝和红；在东部
我们实际上是由西班牙管辖；在北部
西班牙和葡萄牙隔海相望

1. 酷司酷司：摩洛哥的一种主食，手抓饭。
2. 非斯，阿加迪尔：摩洛哥城市。

013

YU YANG

余旸，

一九七七年生于河南信阳，

现居重庆。

年

乘凉

安得广厦千万间
大庇天下寒士皆欢颜
——杜甫

骄阳清空了屏幕前脊椎生疼的家伙：
当他们终于汇入海滩慵懒翻动的白肚皮
或森林消夏小屋里，打着哈欠继续断续的梦
啊，城市像巨大的空调努力工作，淋漓着水汗

这时，跑出来了，屈在儿女楼里的老头们，
吊着白背心，趿拉拖鞋，焦红的胸膛像截树桩，
那些闷在小区柳荫下做梦的老婆婆们，
裹紧粗朴的褐色裙子撩到肥壮的大腿上。

他们跑出来了，摇着大蒲扇，
施施然但又坚决，像刚从泥田起身，包围了城市
随便箕蹲在银行的台阶上，或超市滚梯间的长长阶梯上，
带着他们的藤制水杯，像田间地头，闹哄哄地打扑克。

哦，簇集在玻璃门外
（琳琅着冒冷气的花绿食品或闪光机器，
虎脸保安或皱眉的店员，对着手机无聊入梦）
他们采着幽幽凉气，无辜而随意地瞥了瞥热烘烘的空巷。

他们的肉身要复苏某个整体被否定、自我
也唾弃的生活。踅进超市，慢条斯理地挑拣豆角，摘掉叶蒂，
难得地逗留而不担心（愿兔崽子们度假高兴！）。
他们（主要是她们），走在空调凉气中，从容地像过老家的
　河，边回头唤狗。

老父亲套着我们用过的不合体衣服，搭配自裁的
　尿素袋裤子，砖红的厂家宣传衬衫
像兴高采烈的小丑，依然凸露出斤斤计较的嘴脸、
　飞溅的痰沫
两只裤腿一高一低
在田埂、公路的舞台上野兔般蹦跶
排黑烟的摩托排气管连同屁股后鼓突的手机套
脸上黄汗滴砸在迸溅的尘里。
粗野的叫喊萦绕黑灿的晚霞。
他们依然为读书的古老荣耀鼓舞欣慰暗中感到
　疑惑、失望
死神与夜晚紧缀他们，窸窣私语，他们
呵狗一样：“去!”

静矗的黑色轿车像睡狮
（谁知道几年后就变得泛滥，塞满巷道、路边？）
绿野里具具发烫的年轻肉体
愈发累赘、多余，反像耻辱，
啊，这些狂躁的拉斯蒂涅或阴郁的于连们
站在垃圾堆边嘶吼着要!
要什么呢？块块沸腾的田畴都被田埂缰绳羁縻勒拽
甚至河畔萦绕鱼肠的苍蝇都嘤嗡着机会
偌大地球像秃崖倒矗，
妖娆的自然喜欢作弄，让人无所适从地莫名心痛。
伙计们，你们要忍受着比较

叼着烟、打个酒嗝，又认为生活太他妈美妙啦
你看，混球们不都像秃鹫攫取，考古学家般四处飞跳着挖掘，
猎狗般嗅闻着；一路洒下
矿尘、灰土、尿水、精液和哈哈大笑，惊飞了月亮？

隔着野草，下半代[1]刷刷歪长
提前兑现了侠客梦：喝酒、打架、捞月亮……
他们依然喊饿
还随兴塞给还年轻的父母，可能是你们兄长，
一个未经预期的：
　　　……受精卵。养着玩吧……
铁路线网上羽毛般沉浮，屙下的
婴儿们咧嘴列队摆弄
　　　枕木、布娃娃、屎尿

英雄的拉斯蒂涅，或骑士于连
隐没入电视、报纸与网络的云雾中
剩下的，憋着痔疮、肚腩
在按揭与眼镜的栅栏里
　　　长久地，长久地瞻望：
白天，数字跌宕，搬运黏滞的血液
夜晚，网帖激动而煽情的阶层报告。
终于有人从田野，跃上高高讲台

——竟然是猴笼，

　　头戴紧箍咒

观众佩戴无表情的面具，头低吸入手机

冷肃，反被教训、讥诮，也就冷落了

不如私下热情推销

跨越心理障碍不就像渡河：

理直气壮地馈赠（亲友、熟人？）健康与安全?

尽管老残的皇帝慈祥的笑声

（混着獠牙）隐约闪烁

田野的大棋局，腾挪着变幻

谁怂恿着波浪的起伏

而我，生存在另外但同样阴霾的天空下

表格度量日子，莫名的压力像雾气翻涌。

我偶然想起你们，伙计们。

就像我们的老父母时刻惦念着我们。

---

1. 下半代：指的是比笔者略长的儿时的伙伴的孩子。他们结婚早，孩子又因无人看管，早谈了女友后便结婚。这些伙伴四十不到的年纪都已经当了爷奶，而笔者因读书耽误，孩子才四岁，从心理状态而言，依然是年轻爸爸的心态。不知道该怎么表达我对他们孩子的情感状态。称为下一代，并无不妥，但不能配合我的那种怪怪的心理感受，最主要的是笔者不能接受四十岁就当爷爷这种将近完结的生活暗示，也不能自然接受这一代际更新加速的生活状态。

葬礼

人行道上，栅栏外
就地搭了窄长的帐篷。
多想新年茶话，
花生、瓜子、糖果摆在桌上
一群人紧张麻将的组合
其余的，心不在焉地说话，
疲倦的乱望，或走神。
倒是猴孩子认真地
　　　桌底下爬抢。
烛火摇曳的遗像，
带着歉疚的微笑
好像说不该打扰。

变化迭出的一年

——仿拉金《奇迹跌出的一年》

私人轿车疾驶在坑洼的小马路上
始于2001年。
在年轻人南下进厂
与心连心超市进驻小镇之间。

此前，只有
无尽的家庭争吵
高中生们扭捏着贴墙走
交流仅限于目光、纸条、树林。
然后沉闷声音突然就尖锐、亢奋了
论钱至少以万为单位
楼房纷纷从荒草里刺出
摩托车上坡的突突声起伏跌宕。

鼓着尖突的喉核
朋友们变得古怪、暴烈。
裸着细脚杆，他们一律换上耐克球鞋
忙着低头滑手机。人人又兴奋又焦虑
好像暗中追赶却又不走运错过了什么

所以生活变化永远不会比
2001年快
（我至今依然不知所措）
在年轻人纷纷南下进厂
与心连心超市进驻小镇之间。

姥姥

人怕高处，路上有惊慌。

——圣经传道书12：1—8

让我们陡然轻快，偏瘫的姥姥
隆起为山坡额头上的新肿包。
坡下，春风缭绕齿铲，掘土机挖出的
枯骨、野花抛撒在新鲜的泥土上。

就像匆匆了结一樁麻烦
葬仪简陋到了潦草的程度。
肉翅一闪，摩托车迅疾消失，
蛇皮袋混着脚臭，东南飞。

从坟坡冲下，孩子们随塑料冲锋枪
歪斜地茁长。他们双颊肥润，两眼闪光
《自由飞翔》的手机铃声
撩拨着沿途荒地密植的速生杨；

而我们则摇晃着站盹，半梦
半醒，在不停换乘的大巴、公交、火车上。
从一栋楼转移到另一工地
从懵懂少年转移为沉滞的中年——

哦，在这通往山坡的中途，回望
稀疏灯火漫漶着模糊的光影
从未来这墓穴涌来的寒风，裹着振翅马蜂
驱迫我们回头：荒促地总像错过了什么

夜街尽头，姐妹们张开双腿（又一个墓穴），
搅拌机、压路机的大嗓门合奏中
绿草放牧我们，啃噬，休憩，
同声迸放出蛮荒的兽唱。

姥姥，我才听清了：你辗转的痛呼
汇合到这电流般放大的欢吟中，
像挣脱了人的系统的单音，
就是嚎叫，不可阻挡，无法缓解……

孩子

响亮的毒太阳啊
箭光纷纷攒射
孩子蜕皮的黑肩头承担着重书包与
孤独成长的危险。
孩子的尖叫
喊不醒被昏睡击倒的人
（溽热统治田野
压迫性的沉默）
恐龙挖土机怒吼着，
恐龙扬沙机怒吼着，
窟窿像烂疮，互相传染
从土地到肉体
吼声伴着麻将声
我们彻夜比赛着成长

新梦

I

将旧码头、窄街、褶皱老人
将当街拉便的孩童、摊贩
讨好到阴沉的逼视统统抛到污浊的江水吧
还有杀不完的蟑螂、散不掉的火锅味……
我们急匆匆地奔赴新城区

像春梦，办公楼巍峨、气派，
我们气泡般浮在橱窗明亮的宽阔街道上
眼影少女表演冷艳，似乎天生嫌恶
神气地顾盼的耳钉青年，又低头忙滑手机
哎呀，猛增的汽车像超生孩子脏兮兮地团
　滚着

某种寒意子弹射上心头
（假如地震、恐怖袭击、经济萧条……）
我们始终没来得及调换心态，生疏像做客
锃亮的滑梯上下，跑闹的孩子们却宣告
世界好坏不过一堆玩具、游戏

Ⅱ

一场雨淋湿新街。
水泥路面上的脚印浅而脏
那些个神气的条幅、花篮、气球
垂丧如战俘。音乐怎么如哀号，啊，一滴雨砸碎
　了我们的梦

仰起新蓄的尖胡子，上午总吃必胜客、逛游乐
　场，脚步跺地漫天飞尘
仰起年轻的下巴，上海、巴黎和NBA投下光亮，
　梦中练习拉杆扣篮
可雨后，我们必须面对啰嗦
老父母居住老城，必然暴露里弄的阴寒

阴寒从法桐树丛、店堂、沙发；
阴寒从颓垮的脸膛、泥泞街道迸发出来。
当英雄的卢作孚返航归来
他只能摩挲光头，将咆哮轻落为嘟囔吗？

莫名的伤感从暗中醒来
遗传的历史展现强悍嘴脸
模仿的梦儿泪珠般璀璨、易碎
新城，渗着尘垢、脆弱，风一吹就没有了影踪。

乡村记事

I

如果我退返农村
静悄悄地挟书如厕
蚊虫总还是过来亲热巴掌。
读书则像偷来的喘息——

哦，我所以为的静谧港湾
从来都是战场
阳光照耀垃圾堆
垃圾堆里的易拉罐、塑料枪。

垃圾堆边抽条成长
说着乖巧又残酷的话
多悲哀，生活的悲欢
全由无辜孩子来供给

否则，总是过度尖刻
或难堪地有些心酸，由于失望：
几年前冒领了成功人士的荣耀
我懵懂为乡下人好客的本分

掩饰不住的淡漠，想想也非势利，
而是当年自动忽略了
热情背后那有所
欲求的悲哀之眼

甜蜜、肮脏的老农村
来呀，拥抱并窒息我。

Ⅱ

天麻麻亮，叔叔就
出门，回家时
已经黑透。我踏进屋子
就滚落进地洞：
阴湿的堂屋里
黑白屏幕的侠匪对打出热闹。

他豁牙。不再
玩笑啦。仿佛过度的
疲累还在身上控制
老了老了，和老伴
对答反倒句句呛了火药
多年酝酿，变质的碳粉
蓄意地破坏性情

屏幕里的城市情感
乱有乱的逻辑、出路
乡村的现实却时时裸出
秃头的荒芜。
一次次，精力无谓流失
在地图漏掉的土路、野塘边。
他们努力征服荒凉
野草随性，枯荣废墟。
而孤独和闷顶在笨舌下
往往兑现为可嘲笑的怪癖
现在，出了更黑的卧室；
叔叔精神恍惚，似乎
随时都要消失
只有烟头急切地红亮。

Ⅲ：头灵寺

俗艳、夸饰。金色的露天巨佛脚下的
住持和尚，来自附近地区。
偶然撞见他庙后露天小便，
一下子把我微弱的敬畏清净，

有意味的仪式蜕化成
松垮的程序。并非所有人与我一样
沉迷山景，妻子逢像
必拜，求签，让人陌生、暗惊。

啊，古老的佛教早就衰微。
我们残缺不全的信仰，
遭遇了个人的痛苦
龟缩在莽莽群山里，倔强地活着

如同矍铄的老妇，并不因讨还价钱就放弃了。
她热情数说门口高大的石狮子
是她丈夫独轮车推上山的。
甚至铸钟上镌刻有他的全名。

镰刀刈除的路边瘤瘿老松不见了山蚂蟥
下山沿途，空村老人垂头听戏
村干部的摩托惊飞野雉
天幕瓦蓝，巨佛依然俯瞰着我们。

Ⅳ

越睡越空洞的漫长下午
怎么不寻件武器呢?

山嘴小店的遮棚下
溽热中光膊闲汉依旧响甩扑克

单调地吼叫，河床的
抽沙机也贪倦地啃噬粗砂

半睡半醒，压着这些单薄
孤突的声响，我像鹰隼翔巡空中：

仿佛除了可以搂抱的麻将
除了随时上脑的瞌睡

下午就要涣散成老年妇女
长而又长的，断续的聊天、哈欠

但唤醒我呀，焦叫的落地知了
荒芜的田野下地火正在酝酿。

这边：田块细碎，犬牙嵌卡，任凭野草疯长
驰向心外的田主，踩着孕妇般的孤独影子

那边，头戴紧箍咒，年轻的眼镜
公务员（我的同学）不耐烦地厮磨火疖屁股

我也厮磨四周无边的空洞
只摸索到公鸡的饱嗝、拖拉机的“突突”声

而有形的村村通与无形的电磁波串联起了
孤村、土地，也串联起传染的流通：

非典、资本、电器、交通事故的大军
佩戴熟人面具，轰隆隆地突袭黄昏。（什么在飞走啊！）

广告画皮路墙，恐慌与欲望随公路而起伏而左右，
人群战栗，如风中杂生的野草、速生杨、行政树……

是建设的时候了，是组织的时候了。
我渴望着，从空洞中砥砺积极的信心。

V：清远乡村改革记

把庄稼个别的姿容
排入田畴的图案
——卞之琳《慰劳信集·给西北的开荒者》

回避包村眼镜抱着胳膊乱点戳
也排除混混或富人把持
终于将权力下放到了自然村
白胡子抖擞地翘起来

机耕道绳索曾勒卡着脖子
细碎地块像械斗的战马僵持、喷鼻
任凭野草鬃毛疯长，覆盖川坡
而今大片田地平整如畴

土地撒欢奔跃，捧出瓜果或稻香
是时候将家庭编织为家园
泥手指点，激扬村庄
而村庄不再是原子的累卵

灯柱村路的双臂环抱
吹拉弹唱，广场的文化生活哪里累赘？
虽然田园依旧兼职农场、工厂
虽然田园依旧忧患，突围市场

姑娘们尝试着评头论足
小伙子们即便出门，不再驰心向外
自救的力量，渊生于本土
宗族再次焕发了治理的魅力。

遭遇精神病人

沉闷乡村赋予奇言怪行以自由、喜气
将成人们衬托得冷酷、乏味
我像灵感枯竭的诗人靠近缪斯，与之亲近
度假的日子变得丰盈
遭到亲戚的隐晦提醒。
果然。时而清醒忽然发作，
只着条内裤、脸抹锅烟的家伙
深夜门口探头探脑，语言唐突越来越像冒犯。
哎，像个蠢货偏去招惹痴情女孩
好奇心蜕变为痴缠的尴尬
我隐约听见妇女的窃窃私语，我的脖子发冷。
而沉默着预先避让，
似乎还不算彻底安全
但村里另一位精神病人的自缢击碎侥幸，
提前死在八十岁的老父前
最终，他清醒地获得体面与原谅
死亡释放了家人、亲戚，乃至全村：
轻吁长气，蚊蛾萦绕的微弱
烛光——停电——下窃窃私语
突然，我被吸入阴暗的十八世纪：
没经历过启蒙，责任依然被她们——假如有——
卸给命运与性格！
（多恐怖啊，峨冠导师们彻夜敲打键盘、争吵、规划
图书馆囚着断崖般积灰的革命书籍像头顶的浩渺星空
投下隐秘的射线照亮扭歪的嘴牙像娱乐）

我记起，前几天家门口垂垂待毙的老头们
沉浸唱戏机咿呀的皮影子戏
他凑坐过来又要叹息
我病重的父亲摆手制止了祥林嫂的倾诉。
他闷坐一会郁郁走开。
影子虚肿，也像患了肥胖症。
现在这个弃物终将自己利索地处理
将我丢在黑井里，暂时承受鲁迅的尴尬
每次面对倾诉，我们尽量关心其实害怕乃至厌憎。
他不得不清醒地自锁在疯狂领域里。
他不得不依赖药物（黄豆大的汗珠从粗大毛孔源源滚出）
就像我们不得不依赖遗忘。

014

DU LVLV

杜绿绿，

一九七九年出生于安徽合肥，

现居广州。

冷雾

公路延续冷雾的蹊跷。
这个瘦子蹲在江边好些天，
由远及近，下到水里
像是科研员观摩江水回收地。

可谁知道真相呢？
他是在寻思偷条船。
到手后他会经过长江向南方。

渔船铺开几十里占领江面。
紧密相连的船头指向
细微差别的角度。
他胡乱做选择，接受自以为是的指引。

寒冷的一月，
窸窣的冰沙流淌船底，
旧铁皮被摩擦出几声惊鸣，
“屋后黑鸦，怎么找到我了——”
他胸膛急升一阵烈焰，
突兀跃出的力
使掌舵的右手失去控制。

长江不受此困扰，
迟缓的水，稳定推动犹疑的船，
冷水泼上甲板。他还有只坏了的手
垂在腰间，既抬不高
也沉不下去。

他就是个我们认识的傻子。
满脸雀斑，
见到谁都喊啊——啊——
倒是有双好眼睛，成天半闭着
睫毛铺盖在上面
仿佛看不见什么实在的东西。

此刻他伏在甲板上，用那只完好的手
扇动风，去他将要去的地方。

未来世界

即使这里没有树，没有淤泥和河流
前人和后人翻身上马扬长而去
注意到此刻落地成影的光
微微升起，像迷雾闪烁棘刺的痛点
阻挡前路，渺茫的未来。

即使没有任何人来过这儿，
绝壁之上停有秃鹫仨俩，
它们太虚弱，死尸很久不出现了
滚烫的岩石始终在沸腾，
可以接受它们落到此地的命运
是自我熄灭吗？

假设以上都是风景中虚拟的另一维度，
此刻与之平行的地方
有树，有清澈的水
络绎不绝的游客骑马观花
可怜的，秃鹫也只能是半死不活
养在观鸟巢中
供人，我们来指点、逗乐。

我们这些城市人，太过热爱豢养
飞禽走兽，奇花异草
还有同类也是目标——
在这真空漂浮的树下、河上
建起一间间房子
养姑娘，养老爷、少年，
丑脸与没脸的人。
白日里喂上几顿
就大方得体地砍掉对方的脑壳，剥去神经
做个套绳挂在日益繁茂的大树上
吊人玩儿。——凶手！
别不承认！

黑暗的时光中，
谁能握住谁的手，求来怜悯与爱，
以及许久不见的信任，
让话语变成暖风，跟随坠落的树叶
伺机而动，
在摇晃的光线里飘向另一个地方。
一个意料之中的反向世界。
或者说，
不存在的未来。

燃烧的少女

沉睡的少女，
额头掉着碎漆。

那涌动的热能，
折磨你，无比绚烂的颜色
覆盖过你。

你痴迷那些滚烫的事物，
每日都在寻找它们的源头，
像个足够出色的爱好者。
微小的线索，
绣在手腕，盛放的睡莲。
你的腰与肩膀
美好如锦——

热烈的少女，
永不停息。
该对谁求救？
——那未知的纵火者，
是否会大发善心。

眼前的少女，是这样，
快要被迫熄灭的光体？
在晨雾中。

像烧尽的木炭般沉静。

失控的小说家

枝上鸟儿焦躁拍起翅膀
木棉坠落，像野火烧着了
过去的人永不回来，
年轻时只看到明日，
将惊人的伤害当作昙花
绘于黑夜中，也可以说
当事人把记忆理解成了
被胡乱剪辑后的电影：一部拼凑的默片，
一片想要看到的风景带，一些人
适可而止的裸露。
从这个意义上说，
当事人变得有效起来。

他感到热和冷，他在某一刻来到白马雪山
中巴停在垭口，
男人们都下去铲雪了，
藏族女人拉着他去远处小解，
白雪皑皑，
他的腿像是种在这山上。为什么来到此地？

穿上女人的衣服，
柔软说起方言。他是一个说谎者，
喊身旁老妇阿妈，
“白玛拉姆哎，
风雪越来越大，天亮前不能到德钦了。”
他说，是的。沉重的披肩盖住雪片，
和伸出的手。

——他在房间里，
叙述这段记忆中的“往事”
手平放在腿上，粗大有力，是你的三倍，
他熟练虚构了一个又一个
如假包换的时刻，
初出茅庐的你难道不感到害怕？
笔记簿上寥寥几行，
这位病人着实难以记录。
他向你伸出手，你好。

你问他，张老师，今天见过谁？
他想起似乎来过鱼贩与快递员，
一条鳊鱼，一盒商品
它们现在不见了。
他很爱吃鱼和钓鱼，对你描述过
夏季森林深处，
鱼儿多得聚集在明亮的水湾

等待他来钓起它们。“我从不让鱼儿失望，
天生就是个好手。”
他说起这件喜欢的事简直停不下来，
从准备鱼钩鱼饵的细节一一讲起，
像是亲身经历过那样喜悦。

遗憾的是，
张老师如今困在房子里——
他提到的夏季只能向过去推后
十来年——
作为严谨的虚构者
他从不疏忽这一事实。
有时你会怀疑他
是无法写作的小说家，
毫无疑问，张老师是个文盲，
尽管他有惊人的叙述才能。

你们陷入宁静的片刻？
用习以为常的平淡来面对
快要结束的谈话？

“我昨夜见过一团黑雾。
她受了伤，是妈妈
妈妈是我的模样，我们在镜子里。
那模糊不清的人

脑袋剩下一半，从裂口小心望过去
精致构造的脑内
挂着芽菜与血珠。
我和妈妈不爱吃芽菜，更不会在头中
埋下菜籽。”他望着你，痛苦而小心。

“妈妈什么都有，除了植物
但是她喜欢绿色。流淌的绿色。
她有无止境的房间，
还有我。妈妈裸色的身体，
在白色床单上，像溶解的一块冰
随时会滴落下来，消失掉……
妈妈原谅了我！”

你请他坐下来，
他却更用力喊叫着，像伤心的蝙蝠
迷了路，横冲乱撞。

智者的爱

"这些风景是什么呢？"

卓越的心灵，
在高耸不断的山脉前放大幻觉
自我怀疑的折磨中，
语言低声反思排列的必然性，
说，妹妹，ei——
嘟起嘴唇，上瓣与下瓣摩擦出m

用绛红的它们，来检验
打乱的智力，
旅行者处在违背常规的情景中
从属于这些风景。
他没有忘记往日地位，
那至高无上的——无限的风暴——
汇集在鼓起的胸膛，他让人赞叹的头脑。

感到饿，也没什么——
正在梳理的神经
严控低级感官，
他极愿将需求无聊化、简化，
摆脱虚弱的，
细瓷模样的身体，
“但我爱这些欲望——”

少少吃下一块硬饼，
在山巅处，回想起一段爱情。
拱形门后的暗房里，波普式的姑娘
棕发被光照着，
淡香从舌头里递过来，甘菊一样的人
依恋着他。那欢乐后，
他离开她，
像摆脱虚拟的道德与伦理。

她是旅程的某个节点，
促使他远离人群。
啊，那令人生厌的社交与微笑
灼灼生辉的词语，
组合成公式化的谈资。
愚蠢的人，像锡兵
踢踏着脚步，
包围没落的诗人语言。

他就着冷风吃完剩下的饼，
——刀子般的风。
嶙峋异地，
种种不同于城市的温顺。
冷雨没完没了，
像含刺的手，挠着他的肋骨，
抓开外套，
将全部风景压往他的心。
完美、杰出的构造，使它能承受更多，
默默无言的救赎来源于
终极死亡。可他活着。

“这些悲伤的风景——
多像那双眼睛。”

树

山腰这块平地，没有一片浓荫。
两个青年在决斗，
光线的猛烈使他们失去
特征——显著的气味——卷曲的乱发
或者早晨吞下去的，女人
曼妙的叹息（同一个女人）。

青年们的脸，像六边形在转圈，
交缠的手臂变得脆响，
他们一节一节拆掉
对手的硬骨头，
放到太阳下暴晒。
浓烟，
漂浮起来。

最后的力气
让他们同时倒在了地上，
这片矮小的丛林，
荆棘在起舞。

他们睡了很久都没有醒来，
光秃秃地长在地里，
被赤色的鸟儿啄着。
像两棵平静的大树。

消失的气味

姨妈家的女儿
散发出草莓的甜腻味，
坐在一群亲戚中。
他们有青橄榄的酸涩香气，
柠檬味，苦味。
碧浪牌皂粉
填进某个人收紧的腹中，
他们捶这位兄弟，
便有无数的彩色气泡
飞到天上

在灼热的光线里裂开，
坠落，洗净一张张激动的脸。
时值炎暑，
郊区失去热闹，
没人愿意来，只有这群年轻人
——以家族聚会的名义。
他们是一个庞大的
隐秘的集体。

“每个人都有不同
而显著的气味”，只有自己人
才能闻出来。不属于他们的
人，小狗，植物
永远察觉不出空气中
流动的异样，
来自什么——

他们身份复杂，
有些缺少过去，有些今天就要结束。
还有这片稀薄的树林
尾随而来的松鼠，
燕雀低低飞着。
他们与它们
轻易辨识出了彼此，
与众不同。

姨妈家的女儿，是聚会上的新人
她始终沉默，
脸上、裙子上到处是水渍，
像一个被雨水打湿的大草莓
在等待采摘。

什么也没有发生。
她离开人群，
树林边有一片水塘，
在烈日下，出现星空般的光芒。
那动荡的水面，
不断向上涌起。
她跳了进去。

后山

他在水池边，
用唇舌向我宣告
旧生活将结束。
他的牙齿发出咯咯声，
忽快忽慢，我随之摇晃。

“为什么怀疑呢，风停了，
暴雨还没来——”

木棉屑到处落，
季节的转换充满煽动性。
我的裙子过短又消极，
我的头发，
像他画出的线条
无限延长，滑落——
而他向后山走去。

他缺乏经验，不了解南方地形
这座安静的小山
是精巧迷宫，
迷途者供养此地的繁茂。
我也曾亲自上山寻人，
阴影替代脚步声
始终尾随，默许我胡乱拨开
一丛接一丛的密林。

当时，我失去判断
层层深入中兴奋的快感
打乱了仅存的条理。
我伏在一棵死掉的树上
低声哭泣，
双腿蠢蠢欲动
渴望走向突然出现的
又一条小径。

——我爱着那日必死的想法，
像贪恋他远去的气息。
才能有什么价值呢?
他快要消失了，
我仍在选择更有效的方式
卷起持续生长、分裂的头发。

这片升起的黑云，
永无穷尽。

幽灵

读完这些——
未能实现的事，
沉入河道
我们精力太充沛，
叙述文体微弱的变化中。
——谁会死在清澈水底？
从西南到东南的遥望，
高原夜雨，
我们凝听神秘人有效的词语。

活一天，
这一天便不得平静。
他来，他去
别人的广阔受其操控。
他像父亲一样严格，
给我们穿衣、系腰带
该看的都让看了
那蒙羞的混乱在野地里操练。
我们制造了更多孩子——
被遗忘的，不合时宜的。

黏稠的语感
瓜分善用悼词的我们。
这种时候，合理使用控制权
高于幻境涌动。
“这是去外国殖民的方式，
说汉话的人将学会灵活的兽语
以及无效抵抗——”

我们要去的地方太远，
旧河道已经衰败。
流动的情绪，
活跃在他下降的声调里。

——那急速消失的河水，
灌进我们的衣领，
跌落下来，
汇成足够的船资——
我们欢呼，爬到他颤抖的
肩膀上。
我们吃他的舌头，他的权力
将他捏成一团，
投进河底。

先生，再见。

015

LIU NANSHAN

刘南山，

一九八零年生，河北保定雄县人，

现居北京。

叫魂

大红乾隆灯笼，看似很孔明[1]
有人借至今日街上扑流萤
有月上枝头，却让家人观镜影
如果这是美丽的、绵淼的
让其下潜至壹[2]碗黄灿灿小米[3]
抖动机灵，在沙海中寻觅本我
墨水的二月，适于生长魂灵

等到四月，小人[4]如蚁冷冷地
“有石匠吴东明[5]，正出自德清
被桥梁拎进手中，发般轻”
我在《叫魂》里进身形
随苍渺之意松腰沉胯
想女人如羽[6]，云步于未抵的乡村鬼域
与古代婆娑桃影

谁是我的家父[7]?
鼠思燕喜，如何做启[8]?
旧日世界的术士轻诵姓名
而无人除我周行[9]
我随飞鳞返乡，路遇村姑
笔样挖掘，老头子引我脚踏天籁
欲哭魂，我却恍惚然走进深梦

仅因冷枝，屈原在江边邀请我
趁月圆，汨抚情爱的波涛泠泠
可惜我挣脱了今日路边可见的剪发
学六祖，劈木柴，顶劲虚灵
摇身鸳鸯捕鱼游至北山[10]
路遇庄周，他重复说要静静静
静下来，静下来，腹[11]有阴影

老卢瑟[12]不会为此欢欣鼓舞
也不应该为此欢欣鼓舞
即使那是你的叶脸
作为你自己内心的灵
你也不能叫醒
那枚看起来重要的浮萍
谁会问你：谁语嘤嘤

“培根为了保住鸡的灵魂
曾将其冻入雪中
试验长生不老是否存在
这，可能是终生之义
死亡是明确的未来
无论乐观或悲观
最终却被咳嗽勾走了体重”

无聊是新的力比多海
吞噬了希腊史诗与中国词令
而我再无我的伤痛
只剩下壹瓶五星啤酒下肚
醉酒者，则通常开始礼仪昂然
继而口吐白沫，湿湿[13]装死
仿佛暂时可以进入忘川

进入拒绝吧，拒绝做主
拒绝天空与大脑思路清明
拒绝悲伤，拒绝悲伤
让血肉高山般抽空
谁不是那抖抖无依的夜莺
被罩住花翎，在人世的整体黑夜间
谁能够扎根大地活成轻轻

“人老之后丢了魂，如何保住
我的父亲去医院时
把包扔在一旁，任由银行卡手机洒落
径直跟着父亲去看冰块下的弹珠
那一瞬间，寂静生出了色彩
而我，通过摄像头观看这一切
不由自主懂得了老年”

深夜固魂的人，喜练形意
为的是练出火眼金睛
以阳火看清黑暗中的那棵果树
这是必须斜着走才能看清的果树
假使它每个果实都是微型宇宙
星河为气，虎豹雷音
也不见得赶回来那丢失的壹声

---

1. 孔明：特别完备。《小雅·楚茨》：“祝祭于祊，祀事孔明。”
2. 壹：哲学本义指专一纯粹、专精。
3. 中国农村古老的叫魂仪式里有一种方式是用小米叫魂。
4. 小人：这里指士兵。《小雅·采薇》：“小人所腓”。
5. 吴东明：《叫魂》事件里，首先登场的被认为剪发谋人性命的石匠。

6. 《小雅·车舝》："依彼平林，有集维鷮。辰彼硕女，令德来教"，直接把鸟的美丽羽毛与女子的教育修养联系起来，而不是与其穿着联系起来。

7. 家父：周大夫名。按春秋前凡以父名者，多为家族之长。《小雅·节南山》："家父作诵，以究王讻。"

8. 鼠思：忧思。引自《诗经·小雅．雨无正》："鼠思泣血，无言不疾。"燕喜：欢喜，高兴。引自《六月》。启：双膝跪下来休息，因为臀与脚跟离开，故曰启，见《小雅·采薇》。

9. 除：赐予。《小雅·天保》："何福不除"。周行：大道，《小雅·鹿鸣》"人之好我，示我周行"，这是人主与臣下之间最为珍贵的关系，也是古代知识分子所向往的美好情景。

10. 北山：非实指。按古人认为北方为阴，主死。故言北者，往往有一种悲伤情绪。据闻一多先生考证，《诗》多以鱼、捕鱼之事喻情爱婚媾。

11. 腹（bao）：古读"腹"为"抱"，腹即抱。庄子以影子为喻，要摆脱影子，最好的办法就是"静下来"，停在阴影处。

12. 卢瑟：网络词汇，源自英文loser的音译，表失败者的含义。

13. 湿湿：牛反刍时耳扇动貌，《小雅·无羊》："尔牛来思，其耳湿湿。"此处指代牛。

透明论

我，长久地希冀明亮的感动
令太阳编织蜡烛树叶如右心房
仿佛有虫曾咬过那些心碎的海水
呵，走在春风图里，桃臀清音
令星空目盲。三四月的清明
上河桃树夹着丰美。而在
茵梦湖，清浅抖动细梅

你会微抬头，用你的鼻头微光
轻触水波中我佛的显微镜吗？
或者说，拿镜子袒露真实
被那光力带去虚构的星辰家族图谱
那里，同样有一棵黑色的生命树
枝型烛台上坠满蛇形黑果
而，马眼的白波涛令你心盲吗？

凉凉的坚硬——希尼轻触马铃薯——
闪张翅膀有记忆之土的柔软与波力
仿似神的羽翼——那些未说出的话
曾环绕群星之井。缓缓地推动
视差，生出寡妇的金银与商小姐
贾成之惊人语直视骗子老儿
它曾是纯洁、柔嫩的画纸宇宙呵

但晓理会玄诠，也曾透明佛证
却不如合上花瓣更免受伤小箭
可见，可不见。吃点冰激凌
总好过抚摸暗夜森林的交错足印
可，我最想吃你，或者你会说
我看起来是不是最好吃?
甜蜜派的炫耀，层叠七重树

蝉在树上，呼告涌海吉他翻浪
烈日下，我哈戳戳躺倒在地，听
车轮自行滚滚。自行车轮滚滚
白裙清逸，任辐条转音
我骄傲，我还能为少年而动心
是的，我当然能。挖七窍心的比喻
包裹着那火中之金

羊姓村子里，我终日游荡
捡拾失落垃圾场的生日玻璃
逃学的侧面，窥见贝壳里
居然存在活物！手电筒闪亮
一一寻找夜间爬行南墙的蝎子
镊子的灵光，惊喜地晃心
终将让它们迟缓地住满玻璃瓶

行入中途，立于纯白纸帆船
刻录被马良洗去的文身
我们能如海般透明蠕动吗？
热锅里来个蝶泳，皮肤如红桃
拖拽着眼睛吐出棱柱
难道一切终如雾神崩散
恭城里，非要用蕾丝缠头人心？

名叫小贵的孩子手扶墙木
知晓自己是不被看到的那衣柜
他的头发逐渐减少在衣服里
他的眼睛隐于门扣镜片
他的四肢变短，如道家元婴
悬浮在虚空虫脐下三寸
缩语素描的他，轻易唾液生津

史书上说曾有个透明的人
写了一首透明的诗
以至于春天，日月突然回冷
玻璃窗户上结满冰凌
大湖被吸来，独特的纹理
仿如人心的血管筋络
那，终是不可斗量与静止的奇舞

白驹论

恍有黑马，轻离云国奔赴中国
细颈含山勾箭长鬃掣电生白
然后是马背，马臀，马尾
马腿，马蹄也白得透明
这是过去了多少辰光
朋友心如此变化，仿似泼墨
谎中不见豆苗或豆叶

他会骄傲于白马非马
赞其格局伟秘，月轮文身细银
美国博物馆辩称它本是黑马
曾于林中岔路踢踏踟蹰
三世画骨后，怎会突然改宗？
马铃声声，波力推举旗杆
那空中飘舞的，可不就是马心？

如纵身一跃，八马狂奔
去平定竖琴与草料的战争
毕竟，它是照夜之白
曾比海伦更让浮士德痴迷
可复古论者眼中不见马
只有蓝染黑染的牛，双泪沉浸
痛吻那一段光阴哀哀缰绳

谁能升级为骑士骑奇马?
人马海中回望嘶雷
浮槎马眼长含泪海翦灯
可爱了基因含遗志的孩子啊
骑在妈妈背上呼喊亡灵
为白马披上星鳞，却似皱纹
那是变老还是化龙?

斤斧砍战马，同志生情感
个人“干”让位于家国“天”
低头前，野草摇动
我曾误以为我是懂马的
故此，我将西极命名为天
但史官跑马如刀
论定汗血滴滴比天更具灯力

走马灯，灯走马
丝阳停，萌马息步
那是一匹灰暗的猛犸
被我从地下商场拍卖而来
退掉爪牙，老壮志停于枥墙
如今，它没有赞颂过某人
只对眼睛，说出记忆吧

心有白马，自然能走三关
去看那寒窑中的青丝
第一次相见时她的云眸
笼住小马的温驯透明
他抱她骑白驹去往不可知之地
在日月隐匿的荒原
当时曾指点杂花命运多汁

我抱着孩子，如同抱着马头
我爱她，同她母亲一样的倔强
她睡着时小小的手，我亲吻
我总是，不希望她长大
希望她一直，会指鹿为马
会游动，在树叶里，星星里
在一步溪边的渺小里

永永远远，我追不上那白驹
梦为手指或以车为足画上句号
马在远去。我看到
她头上的冲天辫岔脚静立
石像一样坚硬，而冰凉
像她的母亲，在越来越少的梦里
你爱过白马吗？让朋友捂热它

孤独论

用儿子藐视吃瓜群众的如犬之性
似乎应镜照“蜀道难”泛微澜
鄙俗路遇狮豹狼的平坦
眼见着，瘸马行于岐山之道
听闻潺潺钟声绵绵黑夜
缠绵米迦勒啊，谁与神相似
假使你从碳基虫化硅基龙

线装明月被大水淹过头顶
令纳秒人死海之火栽下金莲
端杯倒影之客冷数八万四千虫
如青石如乌金赛过玻璃闪光
突然生流水，跳跃生冰冻
噼啪之力暗响于心腔内
仿似铁幽蓝山在崛起

开裂，分出无数儿女
瓜种下，虫子下卵
有闪电奥丁，有波涛维纳斯
也有西湖泛舟的范蠡，后庭花
在李后主脸上显现。他们
的肋骨互相贴着，在零丁洋
向精卫要一个回响：alone

啊，浪。向上遥看瀑布
鱼中有语言生树形尺素
却不知父亲生于何处
向下细查地底，阴魂好斗
没有鹤子被幸运留下
于此深之宫殿，寂寂对食
不会因此弑杀铜中自我

掏出一颗心，放在金盘上
该献给谁？莎乐美
不会认识被掏心之比干
却为何共有这比喻？
痛苦坑洞升袅袅青烟
战场迷云间，多少人被杀
无非是祭奠红酒一碗

哦，大自然中你位置最高？
酒鬼们吹起兽角乐器
却不成曲，互相取笑与交谈
你爱田野河流森林的平静吗？
能听到野外埃及的召唤吗？
不。戈多戈多，你冷似一团火
只能让酒浇燃你的青天

六十岁老人会享受这高贵
从而升华自我之伟大
可当代的复杂，已超越眼界
庸俗的精妙让浮士德沉迷
谁不曾是人类中失败的一员
当柯洁品尝泪之黑涩
这庸俗生出伟大之色彩瑰丽

有年轻酒鬼坚持去别家洗澡
被窗纱剜心眇目失声
如虫子被忽视于汤汤大世
怒奋心灵底，你是开心的吗？
你会为孩子的双语努力
从荆棘中采食夜莺之歌唱
直到你沉默坐于奔浪高楼前

如是，爱恨情仇皆不重要
自旋深渊任由抖蛇灰心演绎
那大雁春去春来发几枝
疑问在地铁人面中停驻
孩子会悄声问：爸爸
为什么那只狗狗自己一个人
如大话西游的你之背影

016

YE DAN

叶丹，

一九八五年生于安徽歙县，

现居合肥。

D

给毛毛的诗

毛毛，请你原谅我仍然不能
将一首祝福的诗写得甜蜜。
毛毛，十年还不到，曾经照耀我们
过河入林的星星都已焚烧
毁尽，正如那入汛以来的长江
稀释了我们的亲密。
我将接受一段祷文的再教育之后，
乘着那最后一片薄冰渡江
回到皖南，见证你的喜悦。
“谁把请柬折成军令的形状，
言辞中又夹带着初夏的羞怯。”

六月的铜陵苍苍如盖，像镂空的
绿肺倒置。一座城市折叠
在自己的绿里，苦练还魂之道，
末了居然依靠一片树叶
残存的象形记忆得以复活。
“这绿并未因江水的流逝而褪色，
一如我们以灰烬做底色的友谊。”
毛毛，好像这绿是林中一种拒绝
引力的细溪，经木射线的筛选达到
罕有的纯洁，就连保管月亮的
沙利叶都曾向我暗示对你的嫉妒。

孪生的黑暗

暮色，像伏兵，夹带着
被电流追击的鱼群渗入室内。
黑色渐渐变浓，像圈套
一点点收紧。我在屋内
逡巡，像个面临溃堤的看守。
“你的膝盖比堤坝更需要绷带。”
鱼群绕着我的膝盖游弋，
伴我一起避难，仿佛它们
是我未曾相认的姐妹，
和茶几上的核桃一起，
仿佛我们来自同一枝多病的果木。

半夜里我剥核桃，填补我
无核的躯体，球面的道道歧途
满是引诱。“让人惊叹，
一种骨头等于它自身的法器。”
“还有僧侣避在黑暗中打坐。”
“虽然只有发光的星球才有浮力。”
我逐渐明白，我的居所
是另一种核桃，里面同样漆黑，
像是往日阴影的总和。

孤山拟古，寄林和靖

我已回乡多日，想必清贫的
先生也只好退回西湖。
“整个国家都浸泡在税赋之中，
而只有西湖是免费的居所。”

那日，我拜访孤山，想请教你
植梅的手艺。石碑上新发的
青苔暗示我：你出了远门。
兼职门童的鹤落在亭尖告诉我，

你是连夜出发的，回江淮防洪。
“像还一笔年轻时欠下的债。”
“筑堤不如给积雨云做扳道工。”
“入伏以后当月夜翻耕，

锄开月光的瞬间完成迁插，
开出的花才能雪般白，还要
种得整齐，如韵脚一般。”
它高傲的样子颇像台起重机。

它还说整个七月，它都不曾
飞出孤山，因为不忍心
对着发胖的西湖照镜子。
做错觉的帮凶。“月光落在

枝头，像层薄雪。”话音停驻
在你坟边的一截枯死的梅枝上，
它在梅季长出了野菇，仿佛
你经手之物朽烂后仍有奇力。

迎新诗

好几次，在胎心监护室外，
我曾听见你有力的心跳，

你在羊水里吐泡泡，咕噜
咕噜，仿佛水即将煮开，

你也有一颗滚沸的心灵么，
覆盖我的小天使，

你多像妈妈从瓶里倒出的秘密，
是你让我更爱这衰变的乌托邦。

我只准备了一只倒扣的
汉语之钵，你要自己撬开它，

它的空将喂养你长大，
像妈妈这样，像爸爸这样。

失落的女巫

她腿落下残疾后，鲜与进城
做工的妇女来往，避免失落
被交谈放大。秋收之后，
她整日流连收割完的稻田，
“总有遗落的稻穗，多得像
两鬓白发所牵动的悲哀。”

几乎每一次，她都将身体折弯
到极致，有时索性跪下，
像是服软，仿佛低头就能获得
荫翳，又像是报恩，“简单的
重复之中我终于明白为何
我所见过的石佛都是断了头的。”

那只蛇皮袋像是装满了星宿，
“重量仅次于她的呼吸。”
这叠加的重物分担了她的病痛。
“它们从未后悔在此间坠落，
就好像田野是星星的游乐场，
而稻茬是唯一的暗道入口。”

直到暮色变成她不合身的外套，
她回到伏在寒露之下的屋顶，
等待月亮悬高时似有规律地
铺开那些经她之手打磨过的谷粒，
那一刻，她多像名女巫
瞬间就复原了那张失传的星图。

少女建筑史

二〇〇三年，屯溪的雨仍是一种甜食。
那天，成群的铅色云朵之下，
你在巷口接我，石条被檐水
冲洗得发亮，仿佛本地刚经过
一场骚乱。实际上，小城平静
连石缝之间尽是四邻虚掷的
时间之灰，甚至没有旅尘。
你说那就是你家和燕子合租的

半栋徽式老宅。外墙黑乎乎的，
好像瓦片是位不肯懈怠的染匠。
“燕子刚外出谋食，巢似有余温。”
穿厅堂而过，楼梯折叠了你
潮湿的鞋印获得了幽暗的风格，
可是你利索地登上二楼缓冲了
它的逼仄。“全是骨架的房子，
真空的灯代替了实心的火焰

撑起了整栋楼里成捆的黑暗。”
书桌的四只脚在等你的步调
摇匀，无论卡带摆在怎样的位置，
都不能阻止歌词和浪漫派诗人
自如地栖身那自甘黑暗的房梁。
格子窗外，云取代了水塔
给天井中的青苔充当缺席的句芒。
我看见了檐溜中间的分水岭

和黑色的正逼近我们的雪崩。
“我视其为告别的预示。”
此刻，我在记忆变皱之前留下
拓片，而你在松江的新房内
读这首诗，四壁白得让我相信
它和我当年所见属于同一次雪崩，
它将我们拆散，又个个合围，
将我们困在这崭新的废墟上。

暮春夜晚的两种风格

I

暮春，在暗夜之中练习辨声
成为我新增的一门晚课。

超载的卡车驮着的不论是沥青
还是即将被植入脊梁的混凝土，

无一例外地，拖着疲惫的车斗
朝我睡眠的浅海里投掷礁石，

似乎是要试一试我焦虑的深浅，
试一试舵手的耐心有多少存余。

扶着窗帘缝隙漏进的光柱起身，
我看见：路灯的数量没有变化。

连夜的激战，都不曾出现逃兵，
“它们早已适应了漫长的黑暗。”

Ⅱ

我时常回想往事，好像所有的
回忆都包含对自身处境的怜悯。

想起在堕落的皖南，统治暮春
长夜的声音有以下三种：

晚归的人掀起的狗吠，蛐蛐
求偶的叫唤和一亩亩的蛙鸣。

“声音如果不是山体幻化而来，
那山巅为何一年年削低了。”

那些乡居的日子，我很晚睡去，
直到蘸满幸福的露水形成；

我很晚醒来，常常因为母燕回巢时，
泥穴里的雏燕发出的那阵阵骚动。

冬日吴大海观巢湖

——赠黄震

那次在渔村吴大海，我学会了
两样本领：倾听和惋惜。
山路的曲折仿佛在提醒我们
可能来到了语言的边陲，
湖湾像一张弓，蓄满了拓荒者
投身渔业的激情。远远地，
耳道之中就被倾注了波浪
投掷过来的数不清的白刃。

向南望去，视线穿过树枝之网
落入湖面，树枝摇曳，不知
是因寒风而生的战栗还是
因为夜巡的矮星霸占了鸟窝。
所以通往湖边的小径满是枯枝，
踩得作响，像壁炉里柴火的
爆裂声。“枯枝，轮回的抵押物。”
响声持久，和祈祷一般古旧。

“无论你对沙滩的误解有多深，
都不会削减波浪的天真。”
湖底仿佛有个磨坊，浪托举着
不竭的泡沫，像个女巨人
翻开她的经卷，续写每个
何其相似的瞬间。“镶钻的浪花，
是一种离别时专用的语言，
仿佛告别是它唯一的使命。”

最后，暮色混入了愉快的交谈，
我们起身时，注意到了星辰
隐秘的主人，发髻散乱的稻草人
独自回到石砌小屋，饮下
一次追忆之前，他指挥群星升起，
他并不打算将口令教授予我，
直到我寄身山水的执着赛过湖水
亿万次没有观众的表演。

时差的友谊学

像一张立体地图，你的登山包
混装着铜梁和密歇根的风景、土豆
能同时作为食物和货币的西海固
以及一位民谣歌手发胖的愤怒。
你曾违背了迷途之人的规劝，
冒着霾用航线缝补了友谊的时差。

“变矮的巫山切割了重庆，南边是
戏台，北边适合作烽火台。”
记忆像坝区的水面，逐年抬升：
“沉默的巫山像浸泡过的草纸
风化得过快，中风病人般松垮。”
此刻，你回到密歇根这样写下。

“那松垂的纬线，好像正是我们
交替值守的并不严密的战壕。”
我所见的晚霞和你所见的朝霞
好像正是同一块幕布的两面。
两边的差异足以证明世界是斜的，
好像东半球的局部泄露了底气。

昨夜，地球转得缓慢，似有
心事。西半球夜空扎堆的星星
被包扎月亮的绷带打磨得发亮。
窗外，入赘美国的三峡乌啼
照样唤醒你指甲里的十座巫山，
前提是潮汐在梦魇里获得特赦。

如果浅湖里的雪能如约地消霁，
你定会看见去年夏天我们
相聚时遗落的那只喝醉的酒杯，
它不知疲倦地叩问那无辜的
湖岸线，就好像涟漪不停顿地
迭代就是友谊不衰的秘门。

梅山往事

I

我曾寄居梅山三年，在比你家
略低的山腰，学习在纸上占卜。

我喜欢你把石榴花镶在指间的
天真，也喜欢你情急之中吐出的

结巴的歙县方言，而屯溪的雨
多于水洼，但好在雨水纯净得

很绝对，连倒影都清晰过老师
心虚的无神论。也没用任何技巧，

山顶上退役的钟楼支起了水汽
搭成的身体，我站在树和影的

默契里等你，绰号就是暗号，
就好像我们早已经学会了命名。

Ⅱ

这些年，我几次绕道经过梅山，
那面陡坡并未因记忆的模糊

而丝毫徐缓——“把自行车
比喻成铁的蝴蝶算不算发明。”

后轮甩出的水的虚线，像我们的
尾鳍。“我们是下山游泳的鱼。”

白天，我们汲汲埋首，以免
课本中的真理在我们手上发霉。

晚上，至少有两盏灯在梅山
伞状的幽暗中跋涉。但零点以后，

火必须熄灭，我们要把温柔的
黑暗还给枇杷枝杈之间的鸟巢。

017

WU YAN

吴盐，

一九九一年生，安徽人，

现居上海。

短暂的爱

雨后的站台，一张无辜的脸
闪现碧绿色，我向前跨出一小步
听到一个温柔的声音说谢谢，轻抚我
地铁小姐有玫红色皮鞋
地铁小姐轻轻推挤我

夜色在倒退，雨水的神性指引我
看，看向未知的热，飞，飞向
陌生的焦渴。身后的温度仿佛波涛
淹没我。这一切，我们共同见证的多么危险。
而地铁小姐你看见，我寂寞的心。

我们因短暂而相逢，在等晚班地铁的孤独的几分钟。

地铁小姐你躁狂，雨水接纳你为一个美人
我们站在风中，拥抱局促而偏僻
爱是镂空的回声。
亲吻，两瓣湿唇不知所往
我滞留车站静候一闪而逝的问候。

你看着我，眉角跳动节日的决心。
而风是脉搏，更大的波涛演奏我
是一刻钟之后静止的夜
是地铁通往潮湿的春天
是玫红色皮鞋，给我发出新的邀约

水果摊奇迹

首先是我爱你，然后是亚当的苹果误入石榴裙
一种颜色对应一个名字，水果摊迎来
季节性暴风雨。爱的三十六种方式
都已售罄。我折叠这梦魇取悦你的肺。

嘴唇触碰嘴唇，有九个部位吸收太阳能
我卷起潮湿的味觉，通过神经末梢
在流星穿梭的天空，就仿佛身体的蓝色祭出象牙刀
苦稀释了这洼积水，而狂魔般掀翻水果摊唇齿间的奇迹。

我们每天发明一种新，云朵向上有更隐秘的颤动……

暗红色杨梅不够酸，摊主说，黄色的是龙眼
迎风流泪透视眼。我们走到半空中，呼吸彼此身体的闪电。
我们想象这份甜，就仿佛东海的舰队一次性沉没
在水果摊的价格海。座头鲸裸露空荡的舌苔。

或许应该带你去看广阔的海，年幼的座头鲸跃出水面。
我们设想，香蕉金黄的翅膀在球形的恋爱中补充
致幻药剂。而只有新
才不辜负给你窒息长吻的火龙果。

冬妮娅

冬妮娅，黎明前的薄雾里炼丹术锻炼无穷乐
冬妮娅，我赤裸的身体睡着在村道上
冬妮娅，黑色木头停泊在若隐若现的死亡里
冬妮娅，昨天的梦魇在树枝上打转，是天鹅湖

夜色还没褪去我的饥饿已升起如旗帜，冬日的隐形针放空我的血，身体里颤抖的爱摇曳炊烟的姿势。风吹过这炊烟笔直向上弥散本能的敬畏和欲望是一个主义。

冬妮娅，黎明前的村道上站满我们失眠的孩子
冬妮娅，我赤裸的身体湿漉漉经历钢铁之雨
冬妮娅，黑色洞穴修建在一场风暴之后
冬妮娅，昨天的降生滑进永夜，有睡美人

黎明不是一个词而醒来已化作魔咒，恨作为一个主义、一场风暴袭击我，身体侧卧左手高举挥舞一条食物。于是隐秘的骚动迎接某种结局似乎缔造言语交谈的可能。

冬妮娅，黎明前的钢风铁雨锤炼一个人
冬妮娅，我赤裸的身体像要碎裂成灾难
冬妮娅，黑色头发是满天星辰化作露水
冬妮娅，昨天的十一支玫瑰燃烧，成火烈鸟

仪式上写下血的赞歌驰援悬垂的主义，我悬挂自己虚空中凝视，沉睡的村道尽头是一棵槐树。此树为证冬妮娅和我在这棵树下做爱而晨雾里一切已无踪迹。

○

这暮色曾经统治一片山河，这山河
整日整夜地从身上渗出恨的方程式
这方程的未知数互相攻伐又验算你的名字
你下了高铁，轻烟般散进暮色。有的木头很直。

○

谁将温暖我，失眠的刻刀虚构我
大理石封存的力气。谁为此刻塑型，又戏剧般退出
灯光之外。压进身体的星空到底多浩渺
死风吹进我饥饿的嘴

○

那个抽烟的瞎子，月明星稀的人，为什么
每天去爬同一棵树，又伏地祈求舌头的累，为什么
昨天酿造明天的果汁，又在梦里遇见自己
时间的潮汐弄得我很渴，龙卷风是我的黑眼珠

○

飞机飞往明天，而街角的猪头肉嗤笑我
在脑袋上刻字的攥紧他面条的蠢。云中行走也麻雀般
传播我的名字。豆腐腌制明天
谁的眼角奔腾洪流的诺言，谁此刻闭口不言。

○

美丽的大海，我的渔船停泊在
你柔软的记忆里，这一刻晚霞般安静，也有
沁人心脾的恋爱，天空低俯的大海，仿佛
一个吻，一只泣眼，一条喉咙发炎的鱼开口赞美你。

○

我要骑着月亮去看你，去看你的瞳孔
投向我。当翅膀消化了引力，几千年来
太阳是我手中紧握的，未来般鲜艳，鼓动这爱的风暴
飞向你，飞向那唯一的答案。

○

一万种颜色描摹不出，你瞳孔的光
一万只鲸鱼畅游在你之外，排山倒海的力量属于你
一万个你是引力的中心，夜包围着你
永恒是你唯一的样子，永恒柔软而洁白。

○

从千万个方向看，从千万个你中辨认
带血的桃花瞬逝，纸上的迷雾。
你的太阳震动我的海，仿佛永远
隔着一整个宇宙，蓝色的焰火蓝色的风。

夜雨克里斯汀

入夜以后，某种声音只属于此刻
水晶灯忍耐着刺穿此刻
琉璃旋转，玫瑰暗淡
音乐教师独自明亮
响在城市遥远的一端
一些鸟忍住啼鸣
一些雨收容了味蕾的相遇
歌唱晦涩而洁白，空气中
丝丝甜美的滋味
他的燕尾服压着她的晚礼服
她的草莓蛋糕承认蜜柚的多汁
逐渐解冻的奶酪，等待被重新分食

他有时往左

他有时往左，忍着疲倦和速度
他走小路，他要去割草。
一些烟云缠绕着，一些光感应了饿
鸡叫声贴地而行
多么坚强。他挑着担子，往左边
踩得猛了点，似乎要倒下去
这瞬间的危险酝酿出一些热爱
每个人伸手拢住自己的绳子，腰煽动一下。
这世界很静，太静了，我们要命名
一些新的饥饿，一些新的死法
孤月入怀，露水深重，一些人被钉在地上。
他又猛踩了一脚，暗自抒发一点点厌倦。
晨光缓慢铺展在地上，空气中似乎多了点什么
太阳升起来了。他一直沉默，也感觉不到风。
那就让我们站直身子，去尊敬1958年的他
他很瘦，担子空空的，偶尔会跺脚。
他走路很快，丰富而且认真。
前面出现一些人，钢青色的脸有些陈旧，和他很像
他不认识他们，他也不认识我们。
他这时开始往右，树干生了锈
他侧着身子，突然很忧伤。他耸动肩膀，像是
漫步在堆积的云朵上，前后的担子轻轻晃动着
每个人都轻轻晃动着。我们要命名这种忧伤。
我们已经被收割。

超越积雨云

静止的飞机伤心且发白，这让人难忘
飞越整个城市，像重新切开创口
茫茫中的亮，让我的喜悦重临
那些人群涌入的建筑，空气中的城市
陌生的气味竟熟悉如眼泪

如爱人在昨天，成吨的食物和过期的雨水，治愈茫然的人。

你死在梦中，云一样轻盈
没有胃疼，阑尾炎升腾的迷雾。
也不见人生的新句点
我听见嗡嗡声，眼中是无人的夜
或者在城郊停机坪，当人群
穿越幽夜，把自己解放成未来

枯萎的脉搏，持续的轰响，我渴望一颗苍白的心

飞行，就是超越积雨云
就是时间看见我，东张西望的一生在一座
没有未来的城市。心跳被禁锢
在积雨云汇聚的城市，我臃肿的身体
如引力的漩涡，痴迷未来的摄魂术
我走上旋转扶梯，去解人生抛物线
恍惚中有更多凛冽时刻，更多积雨云

从城郊不断向中心聚集，快速压下来，犁开又重建了天地。

如飞机的升空
似与我们无关而未来更坦荡
前方的亮指引它，一个拥抱在苍穹之上打开
命令它上升。我们依序活在城市的某处
成为幽夜之歌。这之后是你无垠的心

哑山

陌生的城市，谁的钥匙插入锁孔
转动的声响中，我们倒立
如果向内打开的可能性并不多于
我和你的可能性。晚餐中爱被建筑
群山被重新种植
仿佛地震之后，是谁看到海边的未来

如果倒过来看，我们是世界
漂在空中的细小颗粒，我们创造飞行
刺向幽夜的力就是我们伤心的力
我们是一群寻找舌头的人
在各自的床铺，谁失眠，谁倒立，谁继续空下去
千里迢迢的异乡，谁骑着焰火向上
自救般燃烧，飞行在未来

舌头石化，嘴巴吃饭，耳朵和鼻子喷出
白色焰火，眼睛砌进砖墙
我们倒立，人生的喜悦如闪电
牙齿行走，脑袋做爱
倒立的人回答失眠的人
喉咙禁锢在未来

让衣衫重回身体，让相逢被赠予，句子回到嗓子，钥匙打开唯一的门
空空的房间，倒立的城市，向上的舌头不属于你，而你正襟危坐，像山。

白色焰火

跑起来像火焰，吃起来像什么呢
迷雾的升腾，如你的绽放
仿佛我们是同一种白，飞翔在未来
迅速的夜。是焦渴的嘴唇探向龙卷风

云层之下幽暗的城市，赠我以喜悦
我试想未来，所有的时间
就是在饥饿中端坐，看那迷魂的
白色焰火。

不用再幻想某种光明，失水的藤蔓缭绕着你和我

焰火的熄灭与我们无关
我们排起长队，赶着去吃
同一种风声。漂泊者就是飞行者
人群堆积的雨云，汇聚了城市的光

终于，我们在厨房完成一次抒情
在盐的倾洒中，风卷起欢愉的舌苔
匆匆的人群吮吸伤口的咸，仿佛第一次生活过
白色焰火有未来的温度

超越空气中颤动的云，一次飞行从低空向上

云的麻雀，低垂的双翼更低
人生之白正如此刻焰火的白
我不再言辞咄咄那不可描述之事
一日三餐中有未来而我袖手

飞机持续向着高处引领我，早餐将保护我的胃到下一个世纪。

幽灵琴

城市远郊，潮湿的异乡人怀抱晚餐的感动，端坐幽冷的夜。

暴雨带来毁灭之谜，饿是太阳的馈赠
想象一个幽灵，想象一支火柴
引燃工装中昏厥的火棉
若意志仍滞留，没有预言关乎未来。

明亮又孤独，暴雨沐浴我们空空的胃
假借床铺，焰火中的人群被失眠怀念
雨中漂来房子
一把椅子永恒地等着它的主人

我们之中的一个，用一种不朽的姿势坐在上面，被雨夜赋形。

想象光的消融，也想象一生中不存在的爱
一种劈开幽暗的伤心，绘出木头的纹理
他用一种陌生的姿势坐下，开始拉手风琴

谁也不认识这个人。手掌拨弄夜的神经
似在荒芜的河边，迎来倒立的人群
他弹奏膝盖，弹奏暴雨中向上飞行的幽灵

谁给他未来，谁行色匆匆穿上浆白的衣衫

积雨落下，失焦的双眼紧闭
如胃的蠕动，在雨中绞痛又赶往明天
我们的脸颊未来般幽暗，旋转如霓虹

他弹奏无声，琴似虚构的飞行
隐入琴声又坐回自己，谁也不知道这个人
谁也不知道在一个雨夜

一把椅子永恒地等着它的主人

在城市远郊，异乡聚集的人群等着
一个幽灵，一朵不存在的火焰
向未来敞开杀戮的心

我冲出云层的一刻就是被琴声赋形的一刻

018

TIAN HE

甜河，

一九九二年生于安徽潜山，

暂居上海。

破河

朱雀

小于，小于微红的甘蔗。
你的暗，比年幼的手低弱
说什么奇妙闺阁？
决不放弃泪水，
细雨还在空虚地膨胀。

你寻找少女如惊雀
她惊呼中消逝的裸脸。
轻若无骨，伴着你的步子
收回虚怅的衣袖，
缓缓推搡一段风烟。

说什么探囊取物？
歧义的衣袍，款款晃动。
几声啼啭，你认出朱雀
眼中的杀伐之气，
吮尽圆月最后的保留。

而胭脂脆弱如纸。
看，朱雀松开厌世的细爪
你愀然，压住秉烛的手。
不如在太极里咏春，
紧身衣里隐身？

慢如斯，沉入良夜的蹊跷。
慢啊，如隔空的莺燕
接续分心的步履[1]。

---

1. 分心的步履：出自唐致水《种种告别》。

真实

春天还不真实。登楼
翠色趋于繁忙。凉夜如铁，
花的舌头干燥，火热
（“好德如好色”）
花的舌头还很浅。

甜蜜的余唾还不真实。
嬉闹，抱紧我的麒麟臂
你踮脚为虚空掌灯。待
夕光昏照，我苦味的孔雀
涉险，为我洗心革面。

猜一猜，你细心如兰
如何按捺兵戈之气？
口渴还不够真实。
猜一猜，你细雨的气质
与日俱增，如何好客？

那斗室里翘起的，覆弄
眉眼还是飞檐？剩余你
出神，也是原地空转。
花，持续的上升者，学习
空空如也的风姿。

晚宴

如何步入逸事的黄昏?
我用一次奉献一生。
预感失败的时刻,
扇子的细褶还在无穷变多。
告诉我,弓箭的足尖在哪着落?

孑然如衣冠楚楚的饮器。
哦,这纤细的梅花
饱含远景之泪,怎能缭绕于我。
它旋转,旋转,旋转
等待迷人的舌头分食风景。

活着,或如扇子的醉态:
在你耳郭之后,引吭
拨动嘹亮的丝绸。为什么,
你就要快乐得发颤,任凭
晚风的绒毛细细消磨?

任凭一群人带来另一群人,
而美会衰竭,会在耳中
发出嗡鸣的玉响?此刻,
轻微失重的时刻,毫无来由地
我们都在渴望着受伤。

小夜曲

一天中，我只能得到
很少的安慰。譬如
在有限的浓度中，少女额头
展开阔叶般的疲倦。看，
内向的燕子永不回来。
这是比真相还婉曲的萍踪。
譬如在酒中消退的腕力，
合成事物圆成的美。
妙手捎来新枝，坐下来
为你穿上，感人的时装。
“香气里有个死亡”[1]
当一天成为另一天的中介
越遥远，就越相似。蓬勃于
腰肢以下，麇集的黑暗

我入睡的速度拨慢
我有我微弱的花冠

---

1. 此句引自叶飙《无题1》。

临时车站

那时天黑得慢。
你还没熟稔告别的舞会，
到底会有多少年轻人，
贴着面，以细琐的狐步
缓缓从树丛中踱出，
收拢单薄的天色。
他们手挽手，接过
星微的温柔。车与马
皆从风尘过，道不尽
年少时的酸楚。
日影斜插，从安庆到上海
荡尽阶级性，你初次怀念
这般冷清清的光景。
有限世界蹁跹，掩饰
你钝感的南方口音。
爱哭甚于爱美，昏昏睡眼
淹留，犹疑时最婉转。
小楼忽已晚，相逢在
恹恹感官。发尾未掠的蓬松
仍有恋爱的甜味，辗转于
肿胀的交通与物候。
雨声愈大，你就愈虚心
在临时车站，排着长长的队
等缠绵的人次第出现。

十二月

暮云渐低。十二月
是因为衰减而变得亲密的湖。
待黄昏膨胀雨意，不堪
瘦小的背脊。它狭窄、收缩，
将低迷的光溢出，
近在咫尺的便不再遥远。
度量我们之间那一点
情感的余裕。阵雨过后，
我将承担你。一天就此结束。
近来多雾、多低咽，这是
“双手互为彼此的时刻。”
措手不及的，是南方的气候
温凉交替，仅剩微漾的绿意。
消了旧酒，你可要添新衣。
走过这段默默、洇湿的小径，
你垂着手，静悄悄地
为多疑的探听。晚风薄软，
细细的树枝还在头顶回旋。
我们紧挨着坐下。一种爱
联结发带的两端：
那些穿过雨和山峦的
柔慢的昨日。我热爱你，
舞步闪回，隔着惊心的玻璃。

园圃之乐

就这样，毫不意外地
你见证了我身体属雨的那一部分：
我抑制的情感在此加速，
将黑色眼线撅出精确的弧度。

你替我捋顺发尾，那微渺的色情
锁定在舌头的辖域之中
借助浊辅音，浇灌夏末的热气
将顶层的阁楼密闭。

我的听觉突然极其完美，
辨认细细的奏鸣，它们渐次显现，
贴紧皮肤，热切地压低嗓音。
我是你最顽强的力。

小夜衣绕指，你落入林圃
成为唯一的园丁。翻过手掌，
你盖住一片蓬松的热草，
向那漫无目的的黑暗发出邀请。

腰身且放低，腾挪出你的绝境。
如同橡皮来回摩擦纸张那样，
我们彼此昏沉，甜蜜地点头致意。
酝酿我们成熟的性。

柚子

当我说柚子，它是Citrus maxima
芸香科，呈梨形或阔圆锥状
毛孔细密。它金黄，有时
面色苍白。剥开表皮，
这微微发涩的蜜
渗进肉里。

它的芳香分子，充溢
整个衣帽间。情感浓度
增高，空气变得稀薄，
奇妙如暗语，催生出
一股独自涌升的力。
（虫鸣窸窣，也
曾在凉夜到访）

母亲的高跟鞋，来回走动
足尖丈量新的圆周，
我时常为此困扰。
“快来看我多瓣的心。”
我叫道，疤痕如新月。

苦味若隐若现，锁紧舌尖
在潮湿的黑暗房间发芽
逸出新的枝杈。

（“我将怀抱如金星，
多情而味苦”）

裁剪那件母亲的旧裙子，
一寸寸的懊悔落地。
爱倏地收紧。
（赞美庄严，以及
事物的本性）

一袋柚子，迟疑地从边缘滑出
经脉成熟，古典的甜美
诚实地走向腐败，
再也不想回到树上。

立秋就要抵达。
看，那雨中飞奔的人，
在引力的指引下，加速坠落。
　　你会回来探望我吗？

就像那在空中减速俯冲
翻转，理发师娴熟的双手一样
柔软，亲昵。

　　还没来临的冷空气。

寻人启事

妹妹出逃的时候正是清晨，
辫子蘸满露水——遗落在南方的
一对镶鸣鹿角。轻轻抚摸它们，
就会低低呜咽，散发香气
这是家族的一个重大事件。
住在阁楼上的妹妹，高于地面
触手可及的，只是幼嫩的树叶。
她以我想象之外的方式解脱
比紫檀，比乌木更加沉痛。
朝着她的照片呵口气，她会
在苔藓的注视下，削减为零。

无须证实她曾经存在过——
秋天的光开始变得柔顺
绵长密实的时间里，或许有
她多汁的身体。从猫眼里
窥视她可能睡过的每一张床
她变得温柔的，拘谨。
钥匙插入锁孔，轻轻旋转
滑至底部，门闩却打不开。

食物的热气，松垮的枕头
在日益稀薄的爱里，微妙地
澄清所有。我还是等待着，
等待她在晚餐时间出现，
为我吹汤。在某个地方
她会注视我，也许在东方，
也许在北方。她的名字
簌簌作响：自然主义的微光。
夏天早已过去，陨石吊坠
让我在一个夜晚重返月亮。

鱼化石

他们在黑暗中辨认着彼此
回忆互相倾轧、伤害的历史
如同一对旧友，隔着生死对答：
“我一生的火焰将埋藏在海底。”
（它曾如此殷切地灼烧，最终
变为一颗寂静的鱼化石
送进博物馆的陈列室。）
“我的暴雨迟迟不肯落下，
我的每一种爱，
都缺乏恰当的命名。”

在尖锐的秋天里，乌金的颅骨
倾吐秘事：一位年轻、漂亮的
死者灵巧地，徒手翻越栅栏
高高兴兴来到死神面前。
“我已透支我的生命
把牛奶洒在石头上，
观看一扇门漂流过海；
我，就是那个携雷霆而来的人。
为了早点见您。"

在银河系，会有一颗乳白的星
吸引另一颗星。空气微微润湿，
会有和平盘旋，珊瑚律动。
他翻了个身，吐出一串泡泡
躺成一面赤裸、荣耀的镜子。

THE END

本册完，更多内容详见

《诗蜀志》《句法》